白象文化

用書認識我自己

我的文學夢
讓我心不老
生活不會悶
靈感思緒多
挖掘作家樂
此生用不盡

彭尚儀 著

自序

我～

每一棵樹都長著不同的風聲，

每一個人都有著不同的故事，

每一個家都有一本難唸的經。

幸好，有了文學的陪伴，讓人永不孤單寂寞，有了文學，隨時都可享受和體會每一個人、事、物帶來種種的精采與啓發。

既然接受了每一個不同的人、事、物，首先當然要先接受自己、認識自己，可曾想過你是誰嗎？

猶記得，看了一本小熊老師的書「玩詩練功房」，在尋找個人代表字，給我妙形容的文中，突然超有感，也寫下我的造句～

我是書，

書讓我成長，也讓我知道，

人外有人、天外有天，
因有一輩子認識不完的作家，
因有一輩子閱讀不完的書本，
所以我將會一輩子持續的成長。
當然認識自己，是人們活著的必修功課，有人很快就了解了，有人都在找尋中，但我相信，人總是隨著身邊不同的人、事、物，而會有不同的轉變與成長。
在與家庭的相處中，認識了自己，在與朋友的互動上，看見了自己，在和愛情的火花裡，更找到了自己，在工作中，也找到了自己的位置，在興趣與學習中，更能活出不同的自己。
可見只要「我」還活著，只要我不迷失，將會活出屬於自己的一片天空。

目錄

【生活篇】

生活，就是過日子，如：開心活好每一天、活在當下、珍惜有的一切、活得充實精彩……等，當然過生活，不會總是順利的，就如天氣一樣，有時也會陰雨綿綿、狂風暴雨，但我想只要我們能記住片刻的美好，等往後回味起來，一定會會心一笑的。

生活也如同寫日記，以前少女對愛的憧憬，總會想如找到心愛的人，我要為他寫一本愛的日記，從答應跟他交往那一刻起，就開始寫，寫到彼此感情已經確定也穩定下來了，那本愛的日記就會給對方分享，想像他在閱讀時會和我一樣驚喜嗎？雖然那本愛的日記沒有兑現，但曾經在跟先生交往時，他說他要為我戒菸，在陪他一起戒菸的30天裡，就突發奇想，為他寫本戒菸30天的日記吧！用寫信的方式，每天一封，寫完30封了，等他真的戒菸成功了，就送給他當成我為他祝福的禮物，那時每天都有照著我的計畫進行，而老公也如願戒菸成功了，現在回想這段還是很有感覺，那30天的日記，我想放在書中與朋友一起分享，此刻不經意也害羞起來了。

生活就是要有感，無論感受如何，都是一種體驗，從小到大，求學、工作、組織家庭或面臨社會種種現實的問題；到中年了，看著父母逐漸衰老，更悟出人生的生老病死；更體會到人生的無常，所以才知道活著，有健康身體與快樂的可貴，如把心情感受也寫下來，也是一種不錯的方式喔！

真心希望朋友們，好好活出自己喜歡的生活吧！

借錢與借書

借錢如一個人的外在
借書如一個人的內在
外在與內在那一個重要
有人覺得是外在
有人覺得是內在
有人覺得兩個都重要
借錢或借書都沒關係
外在和內在一時有缺口了
記得，等補足好能量了
要還就是了
不然就是個有欠缺的人
期許做個負責任的人吧

相信外與內要合一平衡
才是我們追求美好生活的指標。

從痴迷到覺醒

是愛上一個人然後跟著他共組婚姻後的變化
是崇拜一個人　到發現他的醜惡之後
是沈迷賭博及吸毒後　發現已是傾家蕩產　悔不當初了
有人說是理想與現實之間
但我發現如痴迷到覺醒後世界依然美好
那是多麼美麗的一件事
怎麼說呢
如癡迷當個歌手　覺醒時已是　眞美
如癡迷當個作家　覺醒時已是　眞好
當然到達這種美好的境界　是要很努力的
最好不要
如癡迷愛上一個人　愛不到就殺你　等覺醒時就已在牢裡了
如癡迷玩網路世界　但與人面對後　等覺醒時已成機器人了

最好是能
癡迷一位成功的長者　覺醒後那長者的優點已變成自己了
盼每個人都能從痴迷到覺醒後
變得更眞更善更美
那眞是理想的世界呢
是不是癡人說夢了呢（哈）

反話

女說：要兩性平等，
很多時候還是希望男人做就好，
女說：你不用送我了，
原來是要你送，
很多時候說沒關係，
原來是有關係，
說無條件，原來是有條件，
說簡單就好，原來最複雜，
說獨立眞好，原來是想有伴，
說自由眞好，原來是欠人管，
說反話以爲可以當眞，
不久之後，原來的那個眞，
已找不回了，

因大家都在說反話，
還可以當眞嗎？

心（新）的發現

之一

最近進入新的職場發現，我身邊的同事都好年輕，大約都77年~81年次的居多，天啊！我大他們超多，還真讓我一時無法適應。

不過幸好和他們都相處甚歡，有幾個妹妹都會跟我分享她們的愛情故事，有網路戀、有姊弟戀，時代真的不一樣了，看她們如此年輕，談起戀愛來也很認真，如精心製作的聖誕卡，放滿愛的點點滴滴的照片、如早就策畫好跨年的活動行程，也讓我感受到讓愛包圍著的甜蜜。

他們一樣也會對未來擔憂、對愛情也會充滿沒安全感，似乎年輕時，每人都會遇到的問題，不禁也讓我想到我們的人生問題，其實每個人都一樣，就像生老病死一樣，只要認真的活在當下，好好的用心與感受，一切的一切，在往後回頭看之時，就是我們成長的痕跡。一起加油喔！

之二

和同事聊天甚歡，上班很愉悅，人與人之間很奇妙，常常因角色的對立，而把距離拉遠了，如果能站在對方的立場想一下，氣氛也許就能圓融、和樂許多。

但是結果通常都不是那麼的美好，如老闆和下屬之間、與競爭對手比賽的心態、婆媳或妯娌間的相處等，什麼狀態下才能好呢？發現眞要有一顆開放、包容、坦然以對的胸襟，才能讓彼此的關係提升，也才能讓事情的角度與處理，看得更遠更透徹也更成熟。

能有此功夫，也需要修練的，願能時時保有開放、包容、坦然的心，迎接每一天的生活。

之三

一直都喜歡和朋友一起聊天相聚的溫馨，有朋友說他喜歡和我談天，會讓他的心情變好，聽了也讓我開心，想不到我竟然有這種功力，連我都訝異了。

我想會開心、會心情變好，那是因爲對彼此都能坦然以對，毫無保留的把想說的話，都傳遞了出去，所以整個人也就放鬆開懷許多。

有時一旦把話都說開了，愉悅的同時整個人就像飛起來似的好自在，連不吃飯不喝飲料，精神竟還可保持亢奮許久呢！

一旦拘謹了、有所保留了，也就會失去歡樂的氣氛，所以經常找朋友互相說說話、談談心也是很好的精神食糧喔！

文學課

之一

今晚第一次上文學課，回家時，先生頭一句問話即是：您們文學課是上什麼課？

突然我腦袋愣了一下，回答說：學著觀察周圍發生的一切、學會好好過生活。這時才發現文學的答案很廣闊，它沒有一定的答案，因它是以每一個人的角度視野去看待與詮釋自己的人生，你的故事就是你的文學，然後透過跟學員們一起分享及交流，把文學課譜成一篇篇美好的生命故事。

當然還有石老師的感性授課，老師說：

文學是～告白與生命的紀實，

文學是～思索與凝視生老病死。

光是這樣的詮釋，上這課就對了，文學是一輩子的功課。

104／09／08

之二：把感動找回來

朋友問我說：上文學課，跟工作有關嗎？當時回答說：沒有，只是很喜歡文學課帶來的意境。但今天一下課回來，突然心感到滿滿的感動與喜悅，發現它也跟工作有關喔！因爲它能把感動找回來，雖無關名利、地位，但它確實能喚醒每一個人內在的那顆心，當老師說：（擷取印在腦海的語句）

⊙歷史記大事、文學記細節。

⊙細節是做人的基本質地，折射人性的光輝與陰暗。

⊙美好的感覺就在刹那。

⊙雖生死我無法決定，但生死之外～尊嚴我做主。

⊙人生最重要的小事～我守護著你對我的守護。

⊙其實我們都在別人的故事裡頭看著自己。

這些話語有觸動您心房嗎？如活著的每一天，連重要的細節也不放過，那工作一定也會提升，必也能把日子過得很有品味與優雅。

感謝老師讓文學課帶來生命中滿滿的感動與驚喜。感恩！

104／09／15

之三：真的坦然面對生死了嗎？

文學課聆聽學員把生死的議題，說得很深入也很感性，這是重要的一課，想想生命中能學會善生、善別、善終的確不易。

一般人談死，確實不易，尤其是在長輩面前，更似爲禁忌，但走過生死關頭的人、每天在醫院爲患者服務的醫療人員，透過他們看到的、體驗到的分享，學員們都收穫良多。

得知老師在暑假帶領學員們跟榮總的醫生與護理長，做直接面對面的訪談，透過問與答的方式，更能了解醫護與病人和家屬之間的關係，是很重要的橋樑。

當醫生護士能體會病人的無助，用同理心對待，幫助病人和家屬一起面對死亡。

當病人願意處理自己的悲傷與面對死亡。

當家屬把握還可以道愛和家人相處的時光。

想想如能活得善待彼此，生命也是可以活得很有味道，當死都安排好了，也能勇敢面對了，人生還有什麼好怕的。

學生　彭尙儀 104／09／22

戒菸日記

找出戒菸三十天日記的冊子，距離現在已過了12年，那時稱呼先生爲哥哥，還未婚，現在看韓劇時，發現他們也常把另一半這麼稱呼，不知是學他們的嗎？還是韓劇在學我啊！

但幸好有寫下，至少當時這件事，是我認眞做的一件事，如實的記下用此來懷念這段時光。

戒菸第１天

哥哥：

今天是您戒菸的第一天，在這先恭喜你終於踏出了一步，爲你、我的健康做最好的打算。許個目標，就是從今天起，爲你天天獻上我要給你的信，也許這樣能讓彼此更了解、更熟悉對方的一切。

有句話：「相愛容易相處難」，說得一點也沒錯，認識這3年來的日子裡，你有了解我嗎？我呢？在接下來給你寫信的日子裡，我會一一的訴說，藏在心裡未曾說出的話，到時就可知對你了解有幾分。

記得喔！今天是不行吸煙的日子，想抽時，想想你對我許下的承諾吧！還有你的獎勵喔！

戒菸第 2 天

哥哥：

今天你又是如何打發時間，想想你現在為工作的事在煩惱，也不知該如何安慰你，昨日跟你說過：從今天起，我要心存善念、做好事、做功德的事，把好的事都迴向給你，看你會不會比較順利些。

妹妹 10／24／2005

想想你的工作；在想想自己的工作，其實說實在的，我也好不到那裡去。每次跟你說我的工作狀況，有時真的很灰心與無力感，但生活都盡如意的，是不可求的，只是要隨時調整自己的心態，經過經驗的累積，成長的過程，才能體會出不同的風貌。

時常想，要如何讓自己有所長進，每天都這樣的過，總覺得沒讓自己的生命發揮它的潛能與光度。

不管如何？我們還是要好好的過日子，同時也要記得，今天不要破功了喔！

妹妹 10／25／2005

戒菸第 3 天

哥哥：

奶奶突然住院了，心情一定很焦急吧！下班我再去探望，你應該會在吧！

今天公司有產品發表會的活動，工作比較忙一些，這樣也好，時間比較好過。

之前不是跟你說過，看我這 3 年來，對你了解深不深，讓我說說我認識的你吧！記得第一次彼此約會的情形嗎？你帶我去一家霧峰的庭園式的簡餐店吃午餐，然後去參觀地震博物館，在這之後我們就陸續發展著彼此的約會。

其實人與人的相識，就是這樣慢慢累積成，自知道你的成長過程後，你知道嗎？我的內心總是好疼，心疼你自小沒爸、媽的呵護，由奶奶、姑姑一手拉拔照顧，跟一般人比起來，你就顯得會比較辛苦、孤單。

但在你的身上，我看到的是，你並不因此而氣餒，反而養成你獨立、懂事的個性，一點也不怨天尤人，盡本分的把應扛起的責任扛起來。只是這樣的心疼你，也不能幫你什麼忙，反而有時還讓你爲我操心，眞是對不起了。

今天就先跟你說到這，明天再聊了，還是再叮嚀你，戒菸的第 3 天一定要成功喔！要堅持到底，不然我會失望的。

妹妹 10／26／2005

戒菸第４天

哥哥：

今天上班好忙喔，快到晚上9點才寫信給你，今天的面試還順利嗎？奶奶的病情也控制住了，只是往後要好好注意，尿道的感染及常喝水的問題，人的身體，真要好好保養、愛惜它才是。

你昨日看我為你寫的冊子之後，我知道你很感動，叫我要一直寫下去。我會的，再忙，也要跟你說說話，藉此分享我的心情，也是不錯的抒解心情的方法。

昨日說到您的個性，就會談到你的家人，對你的姑姑們，我也不是很了解，說真的，我也有些害怕和她們相處，畢竟不熟，要相處才知道。

你知道嗎？雖然你很好，但對於你的家庭因素，一直是我很沒安全感的地方，試著跟自己說不去想它，既然和你在一起，就要接受，但我的心有時的起伏也很難控制。

也許你不知道，上星期我們吵架的導火線，就是我發現你為你叔叔買了一包$120元的煙，脾氣就上來了，你懂了嗎？而你也真是的，竟一走了之，我的心真的好失望與難受。

如你不向我道歉，那時真的就想算了，就先談到這，今天相信你有戒菸成功，再接再厲喔！

妹妹 10／27／2005

戒菸第 5 天

哥哥：

今天早上看到你幫我丟 2 包垃圾及買早餐，說眞的我很感動，一直以來，你就是這麼的貼心與照顧我，在這裡先跟您說聲：謝謝！

昨日談到我們吵架的事，今天就來說我的脾氣，不知你會不會覺得我脾氣很不好，常常莫名奇妙的就對你耍嘴皮，同時也發現我常常在你面前喊那裡不舒服，其實就是因爲你對我好，才讓我一次又一次的在你面前任性及放肆，原諒我這小朋友的個性。

看了我寫了這幾天的信，你也可跟我說一些可聊的主題，及給我一些迴響，不然我會認爲只有我在唱獨角戲，會覺得沒有互動，雖然你目前在戒菸，但也要知道，我也很辛苦，陪在你身邊支持你，也是件不簡單的事。

有些晚了，就先聊到這了，明天再續了。

妹妹 10／28／2005

戒菸第 6 天

哥哥：

星期六我回家了，因你還要照顧奶奶的關係，所以就一個人回家了，每次的周末都有你的陪伴，這次少了你，顯得有些寂寞。

還好這次大哥也有回家，家中有了小孩的聲音及吵雜，爸媽就比較不會把重心放在我身上。剛剛才接你的電話，掛完之後，不經意的就流出淚來了，除了會掛念你，也心疼你這幾天的辛苦及奔波，想到你就覺得負擔好重，心情也就快樂不起來。

我常想一個人的精力有限，尤其是你要照顧家人、又要顧到女朋友；有時又要顧及到工作，怎能面面俱到呢？一想到這心就揪在一起，無法自拔了，也許你會覺得我想太多，但我就是常會往這方面鑽，也幸好今年還沒跟你結婚，很難想像我是否能承受種種的一切。

也許你會認為我現實，只是我也不想這樣，只求一份安全感竟那麼難，我也怕再繼續寫下去了，怕會沒勇氣，也怕你看了無形中傷了你，這都是我不願的啊！誰不想每天都開開心心、無憂無慮。

誠誠來找我了，就寫到這，明天再聊了，記得不可抽煙喔！

妹妹 10／29／2005

戒菸第7天

哥哥：

從家中回到台中的住處了，天氣變涼了，也下了雨，媽叮嚀我小心騎車，也幫我準備了肉粽及芋頭糕。

一直都很佩服我媽，精通各種的傳統小吃，對子女也好的沒話說，每次孩子回家，有時都沒帶禮物孝盡他們，反而還讓媽準備許多東西給孩子，說來也眞是慚愧。

哥哥你對我爸媽也很熟了，想必你早就看出來了，爸媽還說要不是沒有車可載他們，不然他們也想去探望你奶奶，希望奶奶能趕緊恢復健康。

寫了多日的信，也養成習慣了，也相信你的戒菸計畫必能成眞，今天過後我就要準備2千元的現金紅包來賞你了，說到一定做到。加油喔！

找一天去西堤吃大餐吧！期待晚上的見面囉！

妹妹 10／30／2005

戒菸第8天

哥哥：

恭喜你成功的戒菸已滿一星期了，你將獲得紅包現金2千元整。

很有成就感吧！今天奶奶可否能順利出院呢？還有我跟你說喔！今天公司有送一台微波爐給爸媽，心裡有些高興，前2天還跟你說，公司會不會只是說說而已，沒想到貨已送到了，所以，以後還是要往好處想想，不要抹殺了別人對你的好意，你說是吧！

在理想家上班，看到會員進進出出的人也很多，今天又碰到了我以前天仁醫院的老闆娘，她已經是第3次入會了，做傳銷的人，有的就會這樣，像我就沒辦法，人活著只要能找到快樂的泉源及立足的本事就很不錯了。今天就先寫到這了。

妹妹 10／31／2005

戒菸第9天

哥哥：

今天差點忘了要給你寫信，好險有想到。

已經好幾天沒給你看我這本手冊了，也不知爲什麼，如越講到內心話就越怕你知道，不知你反應如何？會不會傷你的心。

不知你今天面試成功嗎？想到你的工作，就想到今天我和 Mirra 有談到，現今的社會好的老闆不好找，她則反道：現今的好員工才不好找。說得也是，總之這兩方是要互相的，如一方好一方不好，也是不妥的。你的見解又是如何呢？只盼你的工作眞的能碰上好的老闆，不要再遇人不淑了。

自跟你在一起後，似乎我休息時間都給了你，人很奇怪，剛開始這樣時；覺得很不習慣，覺得彼此應有自己的時間與生活，但久了之後，竟也習慣了這種相依偎、一起陪伴的感覺。有時兩、三天沒見面就怪怪的，你看是不是很糟糕，人就是不能太依賴對方，否則就學不會獨立自主了。就說到這吧！

妹妹 11／01／2005

戒菸第10天

哥哥：

奶奶順利出院了，心有沒有比較安心了，不過還是要小心照顧才是。

謝謝你的提醒，請我去看醫生，說到去看病，還有些懶，覺得女人的生理期好煩喔！每個月都要爲它擔心，眞的好傷腦筋。

還是男人的生理構造比較好，所以啊！男人和女人是不一樣的，永遠都不平等。說到看病這件事，你也是很會拖，你的腰酸背痛也拖得夠久了，趁現在還年輕時，就要好好愛惜自己的身體，讓彼此共勉之吧！

已經戒菸第10天了，好快喔！實現自己的計畫與心願，是不是很有成就感呢！想到這，就讓我想到以前規定自己要做閱讀筆記一樣，看到自己的功課，一篇又一篇的完成，心裡的踏實與滿足，也讓我快樂與充實不少。就此擱筆了，明天見！

妹妹 11／02／2005

戒菸第11天

哥哥：

今天好早就起床了，吃了早點又丟了垃圾也才8點多而已，於是我就把「選擇重於一切」一書看完了。

突然想到同學雅慧的生日快到了，不知要送什麼好，想著想著，於是又去了書店，選了2本不錯的書，就送書吧！它是健康理念的書；研讀它應該是有幫助的。

你一定覺得我很「功夫」，還送禮物，就時間到了，很自然就去做了，我的這位同學，從讀高工時，就已很好了，心裡很珍惜這位好友，她也是我心靈上的好老師，跟她訴苦的時間比你還多呢！

只是她結婚生了小孩後，兩人見面的次數就變少了，人與人之間的情誼，要時間的累積也要彼此珍惜才能持久。你認同吧！

說到這就想到，之前想到的問題，什麼是永遠不變的？親情、愛情、友情。你選哪一個，之前我說是親情，但我現在又變貪心了，想這三者都要持久不變，人活著才有意義。今天就先談到這吧！

妹妹 11／03／2005

戒菸第12天

哥哥：

今天上班有些累，挺沒精神的。早上接了你的電話，你決定要去營造公司上班，您有一技在身，工作都很容易找到的，眞是不錯。

不過這幾年下來，看你換了又換，其實也不是很穩，只是希望你眞能找到一家可發展又穩定的公司，不要再換來換去了。

你說：奶奶又發燒了，心裡一定很著急吧！照顧老人家要很有耐心，這些日子辛苦你了，跟你說喔！昨日我又在爾雅出版社買了一本書，作者是我很喜歡的隱地先生，他們又送我一本詩集，讓我感覺好溫馨喔！

因在這功利的社會，像他們這樣默默堅守，只出版好書的出版社已不多見，所以更應該給他們掌聲才是。

小眞還建議我，也可將我的買來的書設立在網路上拍賣，聽了還有些興趣，你的意見呢？

妹妹 11／04／2005

戒菸第13天

哥哥：

又是周末了，你也陪我一天；傍晚逛了逢甲商圈，人好多喔！連自在走路的空間都沒有，好累。

不過有買了巴登咖啡及一雙涼鞋，也算是收穫，謝謝你的耐心與體貼，在逛街的路上，有看到幾對情侶都是勾肩搭背或當街接吻的，就問你喜歡這樣的方式談戀愛嗎？你回答說：不需要這樣，在外面彼此的手牽著就很好了，而且這樣也很難看。你這樣的觀點我很認同，想不到彼此也有契合的地方。

彼此在一起難免會有摩擦，有時不是你氣我就是我氣你，但氣歸氣終究我們很快又和好了，趁你一個人去逛小北百貨，趕快把我的功課做一做，還沒做完你就回來了，眞快。

像現在彼此又在一起了，又覺得有人在旁邊很吵也很煩，如不在旁的話又會掛念著對方，人實在矛盾，你也認同吧！

戒菸13天了，要繼續堅持下去喔！明天再聊了。

妹妹 11／05／2005

戒菸第14天

哥哥：

假日又過去了，今天謝謝你幫我把微波爐搬回家，還有昨天也忘了跟你說了，你送的收音機我很喜歡，你眞的很有心，讓我好窩心。

在家我媽問我：我們到底有沒有在看房子，說實在的我心裡面也覺得愧疚，因我們最近根本都沒在找，如讓媽知道一定會說我們浪費時間、不長進。她一定想，看我們要耗到什麼時候？你一定也這麼想吧！眞對不起她。

明天你就要去新公司上班了，要好好做喔！希望這一家如你說的一樣；循序漸進的慢慢累積，有努力肯學習，就會有好的機會。雖然薪水不多，但我也認同剛開始吃些苦，對往後總是好的。

只是這段時間就要辛苦點了，要加油！等工作穩定了，咱們再去看房子，我每天做給你寫的功課，有沒有很感動啊！祝你明天工作順利、如意。

妹妹 11／06／2005

戒菸第 15 天

哥哥：

今天感覺有些累，到下午就想睡覺了，唯一另我興奮的事，就是收到隱地簽名的書了。

這就是花小小的錢，買來心靈上的快樂，何樂而不爲呢！你一定很難想像這種感覺吧！決定要在這家營造公司待下去嗎？希望你能考慮清楚，不然一旦投入時間下去，再回頭又將重新開始。每到新的環境上班，要去適應上班的環境及同事的相處，也是挺累人的，盼你能順利的熬過去。聽你說前老闆之事，的確讓人抓不透，當一個老闆當成這樣也算失敗，如不能坦坦蕩蕩，以後看誰會服他，你會去舉發他嗎？還是算了，不跟他計較了。

下了班，在住的地方，看電視也眞無聊，轉來轉去也不知要看什麼節目，於是就打開你送的收音機聽廣播，再打打字給你，待會兒再去讀幾篇文章，讓自己的心靈好好沉澱一番！明天再敘了。

妹妹 11／07／2005

戒菸第 16 天

哥哥：

今天你都順利嗎？今天我上晚班，9:30 分才能下班喔！

每天這樣上班、下班，生活都如此反覆著，過久心會變得麻木，所以要懂得創新、時時調整心情，不然眞的會很沒意思。

也許你看不出來吧！從以前我對於人生這件事，總愛幻想，想什麼生活是好的、想浪漫的愛情何時出現、想怎樣找到好工作、想會不會有貴人出現、想人與人之間的情感會不會變、想人好矛盾，爲何讓活著的人有著不同的煩惱呢？

你一定覺得我的這一顆腦袋，到底是裝了什麼東西，總是想些有的沒有的。你會嗎？你想的層面一定和我不同，而且一定會有答案的，不會像我問號特別多。

有時你還分析多種問題，讓我去思索，可見有諸葛亮的精神及見解，眞的多出許多智慧來。

謝謝你一路走來，不厭其煩的教導我，但你不要太自滿了喔！

妹妹 11／08／2005

戒菸第17天

哥哥：

昨晚睡不好，害今天我嘴巴及舌頭破了好幾個洞，眞的很不舒服。

昨晚談到你的工作，有說到我比較喜歡你在建築師事務所上班，不喜歡你在營造公司上班，因爲總覺得在營造公司要跑工地及監工很辛苦也很危險，事務所則比較穩定不用跑來跑去的，你能懂我的意思嗎？

你很孝順，下午還請假載奶奶去複診，盼一切都在康復中。下午有接到一通會員要退貨的電話，客人貨的期限已放到過時了，口氣又不好，真不禮貌。一個人有沒有修養，從這點就可看得出來，所以，人的行爲舉止都可看出一個人的好與壞，我們也應謹言愼行才是。

妹妹 11／09／2005

戒菸第18天

哥哥：

才四天不見，你就變得好黑，如在一個月你會不會就變成黑人了啊！你看在工地工作就是這樣，很累吧！

今天工作眞累，上午才一個人上班，下午我的兩位同事就來陪我了，想到我的2個同事Mirra和Jane，你也都認識，有時候我的心情好壞也會受他們的影響，雖然說人要有自我掌控的心，但人與人的相處是互相牽連的，就像家人一樣，能置身在外，眞的很難，也許你會認爲我太多事了。

一直以來，都跟自己說，要做一個有溫度的人、盡本分做事，看到需要幫忙的會主動做，有時沒想這麼多，就自然去做，反而會帶來別人的困擾，很多時候可以從一件事的處理再反觀自己的心，從中可學到經驗及感悟也算是一種收穫。

畢竟營造良好的工作環境及氣氛，要用心去經營的，跟感情一樣。晚上看你對我深情的一面，我很感動，看你很累的睡著了，很心疼你，要知道妹妹一直在你身邊爲你加油喔！

妹妹 11／10／2005

戒菸第19天

哥哥：

今天我火氣很大，在公司對 Jane 表明，我對她用公司的電話處理私人的事頗爲生氣，回到家又跟你生悶氣，可見我心情的確不好。

一回家看到你一副疲憊及受傷的模樣，心情怎會開心，原諒我一己私心，不能支持及諒解你在工地上班，想到它既耗時間又耗體力，雖然往後眞的有機會有好的發展，但總覺得這也是一種賭注。

我也知道你心裡也不好受，只是希望你的工作眞的能順利、穩定。也不想給你太大的壓力，每當和你鬧情時，總想彼此還要這樣耗下去嗎?日子總是這樣的過，心裡頭一個人的時候還眞的很慌，盼一切會慢慢好轉。先寫到這了。

妹妹 11／11／2005

戒菸第20天

哥哥：

又過一天了，早上你去工地；下午去修車，車子的車窗昨天被歹徒敲壞了，很嘔吧！

現今的社會，人心愈來愈險惡，常常告訴自己不可害人；要幫助別人。有一句話：「防人之心不可無，害人之心不可有」，之前我很排斥防人那句話，總覺得人活著還要處處的去防人不是很累嗎？但現在眞的不得不去這樣的防範。但有時的確防不勝防，就如你說的碰到了就碰到了，不然又能怎樣，但是我們還是要告訴自己如眞要防人，那害人的心千萬不要有。

我對你很情緒化，在這跟你說聲：對不起。你心情煩也就算了，還要面對我的脾氣，心裡很不是滋味吧！會原諒我吧！看你這麼包容我，是不是也很辛苦啊！

我這個人長這麼大，說眞的和一個人那麼親密及那麼長時間的相處，也只有你了，你知道嗎？想想應要珍惜彼此相聚的時光，這也是人生中幸福的一件事吧！你覺得呢？

妹妹 11／12／2005

戒菸第21天

哥哥：

又是一星期的結束了，明日又將恢復上班的日子，要好好的打理好自己的心，重新出發。

和你在一起，今天難免又和你鬧情緒，想想是不是我們不適合在外面吃飯、不適合在外一起購物，不然就像你說的，也不知我的魔女個性何時出現，讓你都莫名其妙的。

又很氣我了吧！大人不記小人過，笑一個吧！今天我終於爲我喜歡的作家隱地先生寫信了，心裡很高興，也不知作家收到信時的感覺如何？會回信給我嗎？

你發覺我打字的速度太慢，我承認，有時間請訓練我，教我有關電腦的知識及常識。明天起你也要好好準備勞工安全衛生管理的書，這次希望你能拿到好成績，要加油喔！已戒菸21天了，恭喜你。

妹妹 11／13／2005

戒菸第22天

哥哥：

一天又過了，好快。下午已把隱地先生的信寄出去了，晚上和你一起去興農超市買晚餐，感覺好溫馨喔！

覺得你靜不下來，靜靜的聽音樂、看看書，不是很好嗎？你呀！快被電視同化了，而我也將慢慢捲入你的習性中，常常一下班，就打開電視一直陪伴到上床睡覺。

其實這樣的生活習慣，已浪費我們許多時間，眞該找有意義的事做做才是，不然一天又一天，除了帶走我們的時間，我們又爲自己的生命留下什麼?是不是該好好反省一番。

這一、兩個月你都爲工作而煩，我相信你運氣會變得更好，給你良心的建議，心不要太急躁，要心平氣和才能把事迎刃而解。彼此共勉之吧!

妹妹 11／14／2005

戒菸第23天

哥哥：

今天看你都沒讀書，是不是心靜不下來啊!煩的時候做做深呼吸或出去透透氣。

現在我也感覺很累，想睡覺了，昨晚看你睡覺的樣子，突然好想好好的疼你、好好的愛你，因想到你對我的呵護，忽然感動起來了。

不過現在看到醒來的你，那種感覺似乎又走遠了，原來人的心隨時在善變，你對我會這樣嗎?跟自己說每天要讀一小時的書，我看今天要破功了，已沒什麼精神，今天就跟你寫到這，請見諒!明日再續。

妹妹 11／15／2005

戒菸第24天

哥哥：

看你一副心煩氣躁的樣子，你知道嗎？這樣也會影響我。所謂相由心生，看了就知道，工作的選擇你問我意見，最重要的還是要看你喜歡哪一家，如是我，我會選擇在事務所上班，感覺較安定。工作能穩定就好，至於錢多錢少還在其次，只要上班的地方能待得順利、快樂最重要。你能了解嗎？

很多的抉擇都有利有弊，所以要往好的方面想，人常常都會有對自己選擇後悔的時候，就像你對於你自己新買的機車一樣，一旦發現有別的品牌款式的車較好時，就會覺得當初買錯了，或是像我們每次去用餐如點到不好吃時，就顯得一副後悔莫及、失望的表情一樣，其實這都會影響我們處事的態度，最好彼此皆能養成一旦選擇了就不要有後悔的舉動。

當然這也是要培養的，所謂生活的智慧都是從學習、摸索出來的。將來的我們還有一段路要走，如常常都是在後悔之中徘徊，豈不是很痛苦嗎？所以我們對於任何事都能選我們所愛、愛我們所選，好好培養做個有智慧又豁達的人吧！

妹妹 11／16／2005

戒菸第25天

哥哥：

你打球回來了，今天看你心情很好，跟昨天很不一樣喔！是不是被妹妹說了一下，讓你的轉變有了好氣象。

也希望你這個建材公司，好好認真的做及學習，讓老闆能不後悔，幸好有請到這麼優秀的員工，所以要認真喔！

你對打球的熱愛，這點我就不及你，自小我對體育就沒興趣，對於打球這檔事可是遙不可及，很失望吧！都沒和你一起享有打球的樂趣，幸好你還有球友可以和你一起對打，不然豈不是很痛苦。

不是跟你說過，一對夫妻或情侶情投意合固然重要，但業餘喜好也要有所同，這是之前讀到一本書一位作家寫的，我很認同。不可否認的，雖然我們感情很好，但我們的興趣卻是大大的不同，眞該好好來培養彼此的興趣，不然以後我們就只能大眼瞪小眼的，日子豈不黯淡許多，好好想想吧！

妹妹 11／17／2005

戒菸第26天

哥哥：

謝謝你今天載我上下班，下星期你到新公司後，這樣的情景將減少了，人就是有依賴性，總想每天都有人接送，不知有多好呢？

自有你在我身邊，無論任何事我都很依賴你，從食、衣、住、行、育、樂方面，有時都懶得自己動手做，總認爲你會幫我，但長久下來就會變成你寄養的寄生蟲一樣，只會帶給你無限的困擾。

但願我現在還不會那麼嚴重，有些自知之明吧！今天你說要買洗衣機給我，我就不用每天辛苦洗衣服了，我說我沒有貴夫人的命，不要打腫臉充胖子，似乎你生氣了，知道我又講錯話了，每次我都把你的好意抹煞了，刺傷你的自尊心，對吧！

對了，您也跟我提到人性本善及人性本惡之理論，你的看法與分析很正確，每人都有善和惡的一面，只是看他本性占的成分哪一方面比較多，你說你是善的比較多；我是惡的比較多，眞是這樣嗎？有待考驗喔！

妹妹 11／18／2005

戒菸第27天

哥哥：

好快又過完一天了，今天你都在溫習明天要考試的書，本想去圖書館唸的，但閱覽室都已沒座位了，只好在住的地方讀了。

晚上去整理我已讀過的書籍，特別把隱地先生的著作拿出來，想再好好讀他的書，重溫舊夢一番，不會笑我吧！

想不到翻著一箱一箱的書籍，竟也覺得累，太久沒碰它們都長滿了灰塵，害現在眼睛好癢，難怪隱地也曾把灰塵寫成一首詩，我把它寫下來分享給您欣賞：

〈灰塵之歌〉

灰塵像一條條毛毛蟲
躲在每一個陰暗的角落
有時成團有時成球（它無時不在無所不在）
我們活著　日日夜夜　擦拭灰塵（它以曼妙的舞姿佔領我的珍藏）
灰塵於每一分每一秒攻擊我們
有一天　我們死時
還是爲這個灰色小精靈所掩蓋。（且再也沒有能力去驅趕它！）

是不是寫得很好，你能體會嗎？今天也讓你文學一下吧！雖然現在已睡著的你，明日再欣賞了，再此祝你明天考試順利。

妹妹 11／19／2005

戒菸第28天

哥哥：

考試考完了，也鬆了一口氣。今天妹妹跟你去陪考，還接送你，有沒有很感動啊！不過你感動的心，似乎又被我煩死了，對吧！

晚上表演電視廣告~酒的廣告，一位沒胸部的女人和一位禿頭的男人，相擁而泣的畫面，眞的好有趣。想著就覺得好笑，生活中就是要有些歡樂，就會有趣。

明天起我就要吃統一麵兼喝黑松汽水減肥了，希望能順利成功。很佩服施寄青作家能有效的瘦身，女人一生都要爲身材胖瘦煩惱，也眞是痛苦。像你現在晚上12點了又要吃零食，長久下來的你，一直都如此，我看你這習慣是難改了，很怕我往後會受你的影響，到時我變成了胖子，在反過來演演之前的廣告劇，我說：你還會喜歡我嗎？ 你將又是如何回應我呢？

期盼不要成爲胖子的一天，不然就眞是我惡夢的開始，有時你也要幫我把持喔！

妹妹 11／20／2005

戒菸第29天

哥哥：

今天天氣變冷了，你有沒有穿多一點啊！明天就要去新公司上班了，心裡都準備好了嗎？要帶一顆喜悅的心及認眞的態度去學習喔！

今天的我，很高興因收到隱地先生寫給我的信及贈的手冊，想不到他眞回信給我，早知道會這樣，以前就要這麼做了，害我浪費了好多年的光陰，他眞的是文學之人，跟一般暢銷的作家不一樣，堅持著自己的理想，而他出版社出的書都是有質感、有深度的。

就是要有理想的人，才能打造自己的一片天，人生要活得精彩，就是要有理想並且去實踐它，才有意義。你的理想是什麼呢？而我的理想是能出一本自己的散文集，有時間我要去找回以往讀書的樂趣，讓自己的心靈從閱讀文字時，慢慢變得更充實、更開闊，彼此要努力、加油喔！

妹妹 11／21／2005

戒菸第30天

哥哥：

時間眞的過得很快，恭喜你已成功戒菸30天了，而我也跟你寫了30天的信，希望你還是要再持續下去喔！

第一次那麼有恆心的跟你寫功課，以往總是破功、總是三分鐘熱度，但這回確是說到做到，該給彼此一個獎勵吧！妹妹明日我就會獻上這本手札及紅包$6000 給你，做個永恆的記念與回憶，要保存好喔！

今晚你好早就睡了，可能您明天要早起上班的關係，看你頭痛及腳酸的模樣，很心疼，以後我會改我任性的脾氣，對你好一些，並也要好好珍惜與你相處的時光，因爲出門在外的我，也就只有你待我最好了，如不對你好，會對不起我良心的。而你也要好好的喔！因爲你對我有承諾，要給我幸福及陪伴我一輩子，知道你是眞心的，也願彼此相愛的心，持續到永久。

無聊時，就看看這本書吧！改天你也爲我寫一本，我也好期待你將會和我分享什麼呢？在此先祝您新工作順利、步步高升。

妹妹 11／22／2005

尾末

因之前未存檔，找來冊子重新打字一遍，也回溫了一遍，看著的同時，發現自己很純眞、多愁善感也很任性，似乎個性也沒變多少，現在依然純眞、愛閱讀、愛文字抒發，只是和先生的感情較平淡了，對閱讀濃厚了些，而生活依然持續著。

【閱讀篇】

其實我是踏出社會工作後，才慢慢養成買書、看書、送書、分享書的習慣，從閱讀中我發現即使是一個人，也能讓我不孤單、不寂寞，沉浸書裡的世界像心靈被洗滌一樣，突然變得好有精神，閱讀完一本，會再尋找下一本，才知書裡的世界真是遼闊，是我一輩子都閱讀不完，我願把它當成我一輩子的功課，這樣活到老也不會無聊了。

記得20年前，那時還年輕，書幾乎是從圖書館借的居多，那一借一還的過程中，心想是否還需要做什麼，那時突然靈機一動就跟自己說，如可以，就把每讀完一本書，就寫寫閱讀心得，寫起來，至少對書的內容，印象會比較深，也能把書中的精華再保留一次，將來回味起來，一定會很甜美。

那時是我規定自己的一項功課，執行起來，說來慚愧，我寫到第55本就停止了，後來這些年，臉書流行起來，我又跟自己說，我上臉書，就分享自己的閱讀心得就好，從 2012 年起至今也分享有5年的時間，這5年裡，寫下有上百篇的心得，也帶給我心靈上種種的滿足與喜悅。

雖然大多時候也會一本書看完就接下一本，也會有發懶病不寫心得的時候，但只要我提起精神，寫好每一本的閱讀感，心就跟自己說，這樣做才對，此書也會放幾篇這些年分享的閱讀心得，有時還讓我覺得這些年「閱讀」才是我的正職，而我工作上班是我的兼職。願生活依然持續進行下去。

校外有藍天／石德華的書

一本老師寫給學生的書，想必學生讀來，內心的悸動一定久久不能退。年少的事，深深淺淺，從老師的文中，淺的事都會看成深的，初戀的滋味，和學生分享～這段感情是帶來鼓舞還是干擾，如是干擾，寧可恢復往常的生活，學生很久才感受到，老師的教誨，原來是正確的感情，永遠使人向上。

老師的眼裡，總能看見溫柔的事，看到了學生，爲了友誼在所不惜付出的心，願把自己報名補習班的位子，讓給家中負擔不起的同學去，只因他是我兄弟。很多的表相，不去深入了解是很難下評語的，如學生對一位老師的指責，直到看到老師不爲人知的一面，也撕碎了原本要陳情老師的控訴信，相信學生會成功，一定是有一位好的老師，在一個角落裡默默的爲你付出，愛能讓迷失的羔羊再找回來，那才是最難以忘懷的力量。

如校園的師生都能像老師～春風與桃李的對話一樣，處處都是溫情，因老師依然注意到學生的細微處，學生很多的情緒及心事，都在看不見的地方進行，但全被老師看見了，如看到好班學生對媽媽因晚送便當來而大聲吼叫，壞班學生的大哥大，被父親責罵時，連頭都不抬一下的反差，收到珍貴的卡片，竟是一般眼中的壞學生送的，學生從頭到尾不說一句話的拿卡片給老師的心意，因學生沒讀完高中就離開了校園，留下的卡片怎能不珍貴呢！不知那位學生流落何方，老師事後有他的消息嗎？好期待有師生相逢的一天，那就更美好了。

老師總教誨，不要因爲自己高高在上，便讓浮雲遮住了眼。你我間看到師生的關係，小可一笑置之、大可亡命喪身，師生關係不是對立，老師是陪學生一段人生路，學生怎可不敬重老師，而爲師的胸襟也必須禁得起風雨的考驗，才能帶領學生走向光明的康莊大道。

閱讀老師的文字，溫柔、堅定、勇敢，到處都可在暗處裡見到光，校園裡有老師在，處處都是藍天，透過老師的溫度與愛，畢業後的學生，在校外一定也會有自己的藍天的。

學生有看出當自己的偶像，有什麼必備的條件與內涵，愛現是其一，有能力，當然要愛現，熱情的分享給朋友，何樂而不爲呢！

老師每次給學生寫品評時，總是多寫優點、柔化缺點，好美的情操，想必學生都受到老師春風化雨的召力，個個都會懂做人、明事理。

易位的哲學、星星點燈的書香世界，在乎過程、不在乎結果，深愛自己，更愛別人的新倫理觀，都是爲人處事最高的修養，願跟上老師的腳步，能在四野漆黑時，會發出光亮的那顆星。老師您不是笑話，父親看到您因失去他，而讓您獲得新生，他會感到欣慰的。而您的溫度就如您之前寫的文章一樣，保持心的恆溫，總有一天溫度會生出亮光。老師的亮光，幸好我看到了、也感受到了，眞的很幸運，當自己的偶像難嗎？把老師的精神學起來，離的腳步就不遠了。

學生如能受到老師的薰陶當自己的偶像後，新新人類的學生，一定是有文學的心、又會有生活的心。光明要自己去造，美麗、快樂……生活中的一切種種，都要自己先放光明才行。

新新人類學生不用怕，喜歡老師寫的：

階，依然要登，路，依然要行。

平凡的生命處處皆有不平凡的轉機。

也相信你們受老師的啓發，個個都會明節義、知情理、通古今、曉得失。當知識轉換而成的力量，可在黑暗中看到光、等雨過後就會天晴了，陰天後藍天就要出現，活得像自己，處處都是藍天喔！

很溫柔的一些事／石德華的書

慶幸能認識老師，在知道老師的生日之時，心裡已經給自己功課了，那就是好好閱讀老師的著作，然後交上我的閱讀筆記，以表達我內心最深的敬意。

老師說：投入世俗太深，性靈就要死亡，所以每隔一段時間，就得外出把自己找回來，總在獨自一人的旅程、拜訪朋友、或在咖啡館的悠閒中，才能看見自己，就是老師對自己的溫柔。

老師認真的待人，也懂得與人相處的進與退，懂得丈量進退，是老師對別人的溫柔。

老師總是想多了些，也很感性，才能讓世間很溫柔的一些事，都收進了眼底、收入了心，溫柔不是外表溫柔就好，是要打入內心又加上行動，言行舉止都要溫柔才算，所以溫柔可不是很簡單就可以展現的，但老師卻都做到了，在此分享老師很溫柔的一些事吧！

闔上書，細想老師很溫柔的一些事，有什麼呢？發現有好多，如：

對於父親～面對爸爸的病逝，才慢慢了解爸爸與他的愛，爸爸的愛，引領老師時時體貼別人，凡是多做一些的美好德行，即使已過世多年，但他言不疾色不厲，慈祥寬大仁厚的胸襟，是一輩子的想念與敬仰。

對於母親～飛到母親的記憶與懷念，愛唱歌的母親，當然也遺傳了老師，更因有了歌聲才親近了母親，總是認爲喜歡唱歌的人，就是知性感性的人，想必老師的媽媽也是。

對於丈夫～好喜歡也好浪漫送玫瑰花給老公慶生的情節，說她看到花的美、老公總看到蟲在爬，雖老公不曾送玫瑰花，但思考可以創意、習慣可以轉彎、規則可以打破，就由老師主動和女兒計畫送老公玫瑰花當生日禮物吧！想到師丈收到玫瑰花的驚訝神情，讓我感動久久，老師說師丈雖不曾送玫瑰花，但與他每日相見就能讓老師有安全的好感覺，都讓老師感覺自己無論如何都有人愛著，這樣的情境，是再多的玫瑰花也比不上的，老師說太近使人想防衛、太遠就模糊不眞切，十五公尺是剛剛好的距離，但我想師丈一定是不需要十五公尺的距離的，因爲無論何時何地，對師丈都是最好的距離。

對於女兒～粉紅淑女是老師對女兒的形容詞，發現當老師的女兒好幸福，老師說她喜歡別人稱呼她爲施媽媽，媽媽對女兒的愛完全呈現，說能愛她時就愛得足夠，說有一天孩子終會長大，離開父母的身邊，但相信只要有愛，即使箭離了弦，箭也會找到屬於自己落點的地方，也是老師學會當個豁達弓箭手的時候，我想女兒即使是遇到挫折、失敗，我相信女兒一定很快會再爬起來的，因我看見傳承愛的力量，粉紅淑女是世界上最幸福最漂亮的好女孩了。

對於弟弟～雖然當年未把錢借給弟弟，成了如今的遺憾，很多的事，總是事過境遷才會明瞭，相信弟弟會原諒姊姊的，也或許這樣才讓弟弟學會懂事與堅強，如今看到姊姊成了優秀的作家，一定也爲姊姊感到開心，當然姊弟之情，只要關係在、血緣在，一輩子永遠都在。

對於姑嫂相會~很喜歡姑嫂相會的溫馨，不知維持多久的一月一會，現在還進行嗎？也經由這相會的次數增加，對夫家的人與事和情感，也會愈了解、愈親近，如果現代家庭都能有這樣的姑嫂或家族會，家庭糾紛一定少很多。

對於朋友~微風輕逗的水紋，是友誼間最美好的情境，生活眞的需要不斷更換並持有更好的主張，我知你、你知我，惺惺相惜的友情也將是鼓勵朋友一種安定的力量。喜歡雪莉的俠義之情、熱血之心，也喜歡余秋雨說的：我無法不老，但我還有可能年輕。和菈娜還常結伴旅遊嗎？喜歡可以滿性靈、也可以很酒肉的朋友，這樣有朋友談心和出遊的時光，才是保有年輕的法寶。

對於生活~喜歡老師把生活故事的喜怒哀樂，轉變爲樂事、喜事、鳥事、閒事來詮釋，這都是生活週遭發生的事，只要用心我們每天都有屬於自己的樂事、喜事、鳥事、閒事來豐富我們的生活。也喜歡老師寫的：人生幾度秋涼，能暖和人心的永遠是人心。

對於努力生活的邊緣人或市井小民~看到老師您對美髮助理的鼓舞，雖不知她已在何方，如看到您對她寫的這篇早起瑩亮的星，一定更能體會人生總總的滋味，以及把握眼前該珍惜的事。老師也關心周遭的弱勢族群，及時對他們付出的行動與讚美，那盒的月餅禮盒一定溫暖那一家人滿滿的心房與喜悅。市井小民的生活就在週遭，老師的慧眼看見之外，還要有顆易感的心，再加上身歷其境的感受，就更有味道了，也讓人生添加了許多的調味料來豐富生活。

對於愛國的情懷~佩服老師在三萬英尺高空的困惑，出國返回在搭飛機的洗手間發現國人製造垃圾滿地的行爲，因怕這滿地的垃圾，會打壞台灣人的形象與旅遊的品質，一氣呵成的把垃圾清理乾淨，才能達到也順利完成她的圓滿之旅，這讓我看見的是~台灣遊客這幾年似乎也還需要更多的「已知」來換取尊重與品質，何時能將不再困惑，新加坡整潔有規律、團結一致的精神，台灣何時能看見呢？已過這麼多年了，「別人能，爲什麼我們不能」，我想我們心知肚明，但爲何都無法跨越一步呢？感嘆與疑問之間，我們需要眞正的改革、眞正有魄力的來翻轉一切。

對於美好生活的啓發~如果大家都能感受到彼此眼裡的善意，這應也是人與人相處交流最好的境界，生活一定會很美好與和樂。也喜歡老師的至理名言：現在就是未來，此刻就是天長地久。也喜歡老師寫的擦肩而過，擦肩而過的剎那，有什麼情懷嗎？是遺憾還是期待重逢的機會，老師的擦肩而過是生老病死，是對生命的一種了然與頓悟。

對於師生情~在因你而美麗，看見了動人的師生篇，在學生精心策畫爲老師準備的生日禮物，寫出想對老師說的話和點播符合情境的歌，寄給電台請主持人在老師生日那天播放，想必這一刻一定感動主持人、也感動所有的師生，還有感動聽到和讀到這慶生畫面的人，還有學生畢業後還請老師當結婚的媒人，老師一定是很受學生喜愛和敬重的，也因這樣的美善，老師說因有了學生，世界會分外美麗，我想也因有了老師，讓生活都充滿著芳香。

對於心情與季節~不知老師那讓心情靠個站的咖啡店還在嗎？連我也心動了，想必老師一定常都會發現許多讓心情靠個站的咖啡店，心情當然要有靠站的地方，如喝咖啡、與朋友談心、看場電影、閱讀、寫字、打球、唱歌等，有了它們就會更有能量來面對生活，讓生活精彩。開麥拉！春，佩服老師文字的功力，把春的意境，寫得眞好，連我要模仿都學不會，春天的季節的確很美麗，不然怎有春回大地、春暖花開、春意盎然、春光明媚等，當然季節與心情，都能四季如春、和沐春風，那就是天堂囉！

終於知道老師爲何可以成爲作家，因她凝住的餘光，無論身旁大小的人事物，都逃不過她的眼，看到父親對祖父的思念之情、因偷竊報警而致槍殺一個外省兵，看到老闆的內疚不安與看見不同意識型態的政治背景而產生的對立，都讓老師帶來新的能量與省思。

喜歡老師的生活情趣，不必假借一物，無需挑選時刻，它常是一種隨遇與掌握、順勢與轉彎，而無論對人、遇事、處人生，總是先有情才生趣。好美的意境喔！也喜歡老師的安定與寧靜，說這是她歲月的老友，我想是因動思靜、慮思定後才能見眞情，活出好的味道來。

不知不覺把心得寫多了，因閱讀老師的文章篇篇都很感動，也怕辭不達意，盼老師能見諒喔！最後祝老師在生日的此時，歲月依然不驚不動、所愛無災無難，而生日一如日日，平安、健康、快樂喔！

從此，不再勉強自己／吳淡如的書

許久不曾看作者的書了，回想二十多歲時，她的書常是我購買與閱讀的書，也許是看她出現在電視的螢幕上，減少了對她書籍的興趣，自女人要有錢的節目，得知她無預警的結束主持人工作後，不經意的也關心作者的動態起來了。

尤其得知她有這本「從此，不再勉強自己」，就告訴自己，一定要來閱讀她的生活的哲學，從此不再勉強自己，這是多大的領悟與體會，怎能錯過。

閱讀著就著迷了，對作者從15歲北上求學開始，她就有對自己的期許，好勝心與求好心切的她，一路走來，如今事業、家庭的美滿都是她努力耕耘來的。此書是分享她年過半百的人生感觸，她說經歷生死的懷孕生子的過程，人家的媽媽求孩子健康就好，我只要孩子能活下來就好。

還欣賞日本漫畫作家高木直子的漫畫「三十分媽媽」的精神，說三十分的媽媽，家事做不好，工作做不好，常忘東西，但脫線的演出，真是比時時嚴格規定的媽媽還要可愛，給孩子適性發展、也給孩子很棒的童年回憶。

聽她這麼形容，就已感受作者滿滿的母愛，她的小孩一定能快樂的成長，她的生活無論她如何忙，除了工作外，也會旅行、寫作、閱讀、學東西，重要是照顧小孩和運動的時間也都沒忽略，可見作者很會規畫和安排生活。

無論看到哪一篇文，都能啓動您的腦袋，她說：

⊙不能處處求認同，而失去自己。

⊙一直嫌別人，無益於提升自己。

⊙認眞做某件事的本身，就會產生源源不絕的樂趣。

⊙逃走的人，要有出路，不然，那叫躲避，不叫逃。

⊙一個快樂的人，才能帶給別人幸福。

⊙如果你完全沒有自己的時間，過得再繁華也很悲慘。

⊙只有投入自己，你的選擇才會變成興趣。

⊙日子踏實，心裡充實，人才會自在。

她也說：現在的我是由許多舊日的錯誤決策改正又改正後的、一個還可以接受的版本。她說她不想當黃臉婆，不想沒有姿態與體態地活，不要自我安慰說已經中年或生過小孩爲由，而放縱自己，喜歡她說的：如眞有早知道的話，對我來說，現在這樣比較好，處處都可看出作者活在當下，也活得越來越好。

最後以她邁入中年的感悟做結語吧！她說：經過歲月磨練，已經可以明白，什麼要細細開、什麼要醞釀、什麼要忍一下才會圓。中年之後，階梯還是可以向上，說得眞好，不是嗎？她說她是靠和自己相處時來減壓的，要有健康的身體，要學會控制自己的飲食，也珍惜能夠互看、互相微笑的時間。

從此，不再勉強自己，讓我看見了作者認眞、坦然面對自己的滿滿收穫與成長，可以做我們學習的榜樣，希望也能跟作者一樣越活越好、越愛自己。

何不認真來悲傷／郭強生的書

思緒還糾結的無法退去，記得書展那天，一位中年的書友拿著作者的書，強力推薦這本書，讚賞作者的眞實呈現，是多大的勇氣，他翻開作者提的字-悲傷是最好的療癒。霎時，也決定來探個究竟。

這本是敘述自己故事的一本書，寫家庭的回憶錄，要分享快樂，成功的事，是多麼容易，但要攤開自己的悲傷與難堪的傷口，是多麼的不易，能體會到作者爲何會說：快樂的回憶只能點到爲止，否則就要驚動了失落與遺憾，想在他胸口滿溢的酸澀早已氾濫成河了，於是就眞實來面對自己，認眞來悲傷一回吧！

閱讀著，就知道作者一直是不開心的，曾有一陣子受盡憂鬱症的折磨，會憂鬱，書中會一一爲我們從中找到答案，作者的自述裡說，我五十一了，單身，母親與哥哥都已過世，家中只有我，和九十歲的老爸，這簡短的描寫已把我帶入心的最深處，與人談心事，說故事，不是都這樣開始的。

越讀才得知，作者是同志，父母不能接受他，把他當成殘障對待的苦悶，也經歷同志情人的自殺，加上後來媽媽的癌症過世，爸爸外遇不斷，後發現照顧爸爸的女人盜用他的帳款，爸爸又嫌他多管閒事的無奈，寫他大哥自大學畢業後不久就出國，手足之情的淡薄與疏遠，直到大哥也癌症過世，情感始終是生疏的遺憾。如家人間的冷漠，不如外人來的溫暖，是何等的感傷，心是多麼的傷痛。

事後在媽媽過世的十幾年後，發現媽媽的梳妝台裡留下她寫的一篇文稿，也發現媽媽珍藏的東西，似乎在作者的悲傷記憶已有了答案，就像作者說的：所有的缺憾與悲傷，終會過去。

相信作者已把悲傷給放下，朋友與讀者，已陪他走過，療癒了這過程，未來一定會更勇於面對自己，寫出一篇篇的好作品來，也推薦朋友來悲傷一回，讓心也好好流淚一番，體會活著的酸苦滋味，才知快樂與幸福的可貴。

我將前往的遠方／郭強生的書

繼「何不認眞來悲傷」之後，再一次細膩的告白，在年過五十之後，在照顧失智爸爸的這段時間，似乎得到更多，也悟出更多了。

因經歷媽媽，大哥相繼過世，因又是單身，親人只剩下老爸陪伴，藉著過年找到十五年前的用過的大瓷盤，有種物在人不在或本該聚在一起，就只剩下一個的淒涼之感，也體會到能照顧父親，並不是處罰他不結婚又單身，而是在讓自己成爲更好的人，變得更有耐性，智慧，更獨立堅強。

一個畫面，看到人狗的情形，不像家人像似一起服刑的犯人，在共同毀壞的情境下相依爲命，孤獨像老人與狗，彼此廝纏。這畫面也讓我看進了心裡最深處，感覺作者把孤獨的意境，形容的眞貼切。

有時爸爸的記憶，也成了作者的記憶，因爸爸的腦海都一直記得作者孩童時的畫面，剛好補足他都不知道的地方。照顧爸爸的過程裡，感受作者用心孝心的一面，教家裡的印傭作菜，餵爸爸吃飯時，要顧及爸爸的面子，先讓爸爸自己動手夾，不行再用筷子餵食，不要直接用湯匙餵，作者能看到這細微之處，眞使我感動。

作者也是一個很懷舊的人，一直都懷念孩童吃過「六國飯店」的滑蛋牛肉飯，到那總愛點這道食物，也收藏很多錄影帶，要用錄放影機放的，他說：剪報簿上與錄影帶裡記載的才是生活。「老未必舊，新未必好」，看作者寫一段愛逛夜市常去買日劇的 DVD，一天發現賣 DVD 的大姊不見了，問了才知，那大姊已癌症過世，感到生命不捨的嘆息，也讚嘆一對在便利上班彼此努力打拼的手足，看著行動不便的哥哥爲弟弟買宵夜的畫面，確實很感人。

寫一位單身未婚的女老師，年老生病了，反而讓 90 歲的母親在照顧她，探望她時，她的家人一直說她有問題，她神經不正常，佩服作者的義氣，經脫口說出：她沒問題，是您們把她變成一個問題的。作者想曾經他是讓老師擔心的學生，而老師的生命就這樣枯萎了。

作者總是很能感受生命間帶來的無常，他將前往的遠方，不是在多遠的地方，而是在做自己，作者說年老，也像是一種創作，面對人生，有時思索，有時躊躇，就像準備要完成另一篇作品那樣，每一個句子都要寫好，就像人生的每一步也要走得清清楚楚。

寫作，也讓作者把複雜難解的事情一一解開，作者的遠方是分享感動的生命模式，呈現眞實的自己，他相信文學是人生與人生之間彼此的映照，也相信作者前往的遠方，就是過好每一天，專心求一個自在就好。如他說的：能夠改變的人，或許才是自由的，也相信他的遠方會讓自己成爲更好更圓滿的自己。

一生中的一天／齊邦媛的書

一本懷念往事及生活日記的書，作者至今已93歲了，作者從 2005 年起，在她80歲高齡之時，決定一個人前往當時王永慶先生新建的養生村生活，當時幾乎周遭的人都反對，連在美國的三個兒子都不贊成，但她依然前往，心意已決，連載她前往的計程車司機都錯愕，但她說：「我今年80歲，我還有自己的生活要過。」

住進養生村後，作者稱那是她日升月落，最後的書房。果眞她在那利用四年的時間，完成了「巨流河」的著作。同時也研讀了許多的書，知道後來又寫了一本「洄瀾：相逢巨流河」，看見作者如此的活出自己的生命與價值，還年輕的我們，怎能讓生命荒廢，眞要好好向作者學習，好好的生活。

作者因出生在抗戰時期，所經歷的、看到的、感受的，一定比我們多很多，經歷了八年的抗戰，看見人生的悲歡離合，體會戰爭帶來的恐懼與不安，前半段書中回憶初來台難忘的生活、懷念已逝世的文友，寫她剛到台大時，會留在台大眞正的原因，是到外文系看到一堆一堆的洋書。那時一有空，總一本接著一本看，也接了助教的工作，更學習到一生唯一的科技本領-操作打字機。打字最怕打錯，打錯必須上藥水，再退回原來的位置重打，讓作者知道，速度非常重要，更重要的是正確。因作者外語能力不錯教英文或外文系的翻譯課程，之後還任職國立編譯館兼人文社會組和教科組的主任，還參加多場國外的國際筆會年會，因有多種的交流與經歷，作者的見多識廣也結交許多知識淵博的好朋友。

記得作者參加一場東歐作家的研習會，一位作家語帶哽咽的說：以前沒有寫作的自由，如今有了自由，但是我們的書不易出版，出版了讀者也很少。我們的聲音，只有寒風聽見！作者至今還記得這句話，是文學人疼惜文學人的心嗎？您聽見了，想必那作家有知，也會會心一笑、感念您的。

作者總是能看到人們努力、悲傷、失落的地方，但反而更加珍惜並疼惜他們，寫已故作家林海音、何凡的不捨與思念，看到他們的婚姻，老婆對老公的愛中有敬、老公對老婆的愛與寬宏，是多麼幸福的一對。寫到好友蘭熙，一位快樂又忙碌的女子，想不到後來得了失智症，爲好友心疼與難過，後來好友去舊金山養病，也多次去探望她，想到先生臥病在床和好友蘭熙，這種不可測的人生，實在無常。

文中多次提到錢穆先生，錢穆先生是優秀的國學大師，完成了「國史大綱」、「中國近三百年學術史」等著作，本以爲他的晚年會在東吳大學後面的素書樓安居終老，但政治無情，政府判錢穆先生占用土地爲由，請他遷出，那時他已96歲了，搬至台北杭州南路的一所小公寓，三個月後逝世。雖然後來政府也成立了「錢穆故居」開放作爲中國文史哲學之用，但還是留下心中無限的感慨與遺憾。

閱讀此書後，眞該拿作者的「巨流河」再重讀一遍，這樣的一前一後的對比之下，就更能明白與融入作者的心，作者應是把每一天都當最後一天來過，所以一生中的一天，每天都是值得感恩與珍惜的，年紀老並不可怕，只要心不老，依然可以過自己想過的日子，要心不老，發現閱讀也是不錯的方式喔！

不偽裝，不勉強，遇見更好的自己／小川仁志的書

一本日本的翻譯書，作者研究哲學多年，已完成很多哲學這方面的著作，讓哲學的哲理更貼近生活，讓讀者藉著哲學更懂得人生，更懂得自己，重拾幸福的美好。書中作者帶我們體驗及了解，哲學所說人內心的七種情感，經由作者深入淺出的介紹，讓心靈也被洗滌一番，變得清晰起來，也更懂得原來我們的情感，如懂得它，拿捏得好，我們會越變越好。

是那七種情感呢？

1. 成就感~說人努力的目的，就是為了成就感，想想實現時的喜悅，才能更有動力面對一切，如喜悅不見了，我們會墮落，嘗試從周遭小事開始做好它。

2. 義務感~有責任才有義務，捨棄義務反而變得不自由，如人們都只在乎自己，對他人或社會都漠不關心；不遵守交通規則或違反倫理或不盡國民義務，生活會變美好嗎？答案是不會的，不盡義務沒有義務感，只會變得更糟。

3. 罪惡感~作者說：罪惡感有分兩種，有健康和不健康的，健康的是常麻煩別人或做了錯事造成他人困擾，自己有感覺，會對於發生的事感到內疚，或反省，也感謝幫他的人，讓錯事學到

教訓也成長了，這是好的罪惡感。最怕是不知悔改的，不會反省的那就是不健康的罪惡感。

4.親近感～人們活著總是需要朋友，總和我們頻率或共鳴一樣的更容易親近，但每個人都有自私的基因，作者說到利己與利他主義應保持 6:4 的比例，是比較好的。

5.厭惡感～人們都會有不喜歡或討厭的人事物，試著從逃避，再轉念，最後學著全盤接受，我們才能從自我嫌惡中重新振作起來。

6.自卑感～人都有和他人比較的心，看見別人比較好，就會引起自卑，反之就會產生優越感，作者說自卑和優越的情結不是人內心原本就具備的；而是後天產生的。我們必須學會拋棄有關情結的困擾，無論自卑感或優越感都一樣要適當，與其和他人比較而感到痛苦，不如尋找屬於自己的生存方式。

7.幸福感～作者把前六項和幸福的關係，做了很好的說明，付出努力得到的幸福，抱有義務感就是被誰需要的證明，因有健康的罪惡感，人才能改過自新，才可變得更好，培養親近感是通往幸福的捷徑，戰勝厭惡感後隨之而來的就是幸福，自卑是成長的動機，活著對自己能力不足有所認識，也是接近幸福的生活方式。

可見這七種情感是息息相關的，而我們也總是天天都被這七種情感所包圍，也因爲有這七種情感的交錯，我們才會生生不息的活在每一天，作者說：無論什麼樣的情感，都是能帶給你幸福的重要存在，只要熟練運用情感，無論是誰都能變得幸福，好好用心感受我們的情感吧！

我修的死亡學分／李開復的書

作者一直以來，抱持著「世界因我不同」、「最大化影響力」的人生觀，一路順利、事業有成的他，在52歲之時突然得了淋巴癌第四期，心情的打擊可想而知，走了生死關頭這一遭，眼界自然也不同了。

從與死亡交手的時刻，就是最大的考驗與學習，在病急亂投醫的過程到病中覺悟的啓發，讓心靈反而重生了，也找到了人生最眞的價值，其中與星雲大師的對談另人動容，大師的話語：（太值得時時叮嚀我了）

⊙人身難得，人生一回太不容易了，不必想要改變世界，能把自己做好就不容易了。

⊙要產生正能量，不要產生負能量。

⊙面對疾病，正能量是最有效的藥。

⊙一個人倘若一心除惡，表示他看到的都是惡。如果一心行善，尤其是發自本心的行善，而不是想要藉著行善來博取名聲，才能導正社會，對社會產生正面的效益。

⊙要珍惜、尊重周遭的一切，不論善惡美醜，都有存在的價值。

⊙眞正有益於世界的做法不是除惡，而是行善；不是打擊負能量，而是弘揚正能量。

⊙追求最大化影響力，最後就會用影響力做藉口，追求名利。不承認的人，只是在騙自己。

句句都點醒作者，以及推翻先前的人生目標，原來自己像機器一樣，盲目的快速運轉、心中的靈魂被霸占了而不自知啊！

這才發現珍貴的生命旅程，應該抱著初學者的心態，對世界保持兒童般的好奇心，好好體驗人生；讓自己每天都比前一天有學習、有成長，不必改變別人，只要做事問心無愧、對人眞誠平等，這就足夠了。也發現生命太奧妙了，很多看不見的價值與意義，會發生在我們看不見的細微處。

作者也因覺知的領悟到，才來分享這場生命的課程是多麼珍貴的寶藏啊！這段期間作者以正能量來面對疾病，加上飲食的調養、適當的運動與睡眠，慢慢也把身體調養好了。

過去的他，不曾緩慢看見身旁美的事物，現在他學會了，學會每天都是以特殊的日子來活、學會感恩、學會知道珍惜跟每一個人，每一次的相遇、學會重要與緊急的不一樣，往往緊急的事不重要，重要的事不緊急，不要把全部的時間去做緊急的事，要留些時間做些重要的事，才會保有平衡點，當然也學會了珍惜與家人相聚的時光。

如今作者已體會「有容德乃大、無求品自高」的至理名言了，也是爸爸留給他的榜樣。書中引用的一句話很吸引我，「花若盛開，蝴蝶自來；你若精彩，天自安排」，說得眞好，要如何盛開與精彩，真是一生的修煉與功課呢！作者修的死亡學分，內容精彩感人，讀者一定能更珍惜生命，找到生命的價值與可貴。

我給記憶命名／席慕蓉的書

書的封面好美，來自作者的畫，而書名我給記憶命名，聽來也感到好有詩意，未讀之前，充滿想像，讀完之後才發現作者是很有故事的人，一本書訴說著自己的創作、故鄉與成長史，人的生命活得是否精彩，只要記憶一攤開，就可以看出。

作者從學生第一次發表的詩、從寫的第一本日記開始說起，之後開畫展、對於自己詩的創作，也不時的請教朋友，總是求好心切，自知史詩不好寫，但也努力了，葉老師說的：想寫就去寫吧！寫了出來，無論好壞也是値得的。齊老師說：長詩就是力量，不在文字的多少而在氣勢。

書中大多用日記的方式來呈現，作者一直以來都有養成寫日記的習慣，幸好有寫，才能讓記憶不褪色，很佩服作者的尋根之旅，知道自己的故鄉是蒙古之後，自解嚴後，一年又一年的探訪故鄉，從陌生到熟悉，和那族裡的人事物也融入在一起了，分享外祖父與爸爸的故事，那個動盪不安的年代，外祖父還能在那辦學校、印書籍給村民看；爸爸發起的「安答」組織，希望吸收內蒙古知識分子的參與，可以幫助更多弱勢及貧病的人民，作者至今只要想到外祖父與爸爸，都會爲他們感到驕傲的，似乎對於故鄉的一切也有使命感起來了，才能一一探索以往所不知的眞相，探索尋根的過程，也豐富了自己的生命。

細想我在書中看到的感動，是「闗口」那篇，述說作者爸爸一段的往事，因是戰亂時代，看到可疑的人，都會搜身，那時爸爸身上有放一把手槍，搜身者搜到爸爸時，不知是放水還是疏忽，讓爸爸逃過了死劫，回想起來，如當時被查到了，一切的命運又是一大的翻轉，應謝謝那搜身者起了慈悲心。

再來看到的感動是作者說一個「馬」的故事，發生在60年代，蒙古國因友邦越南政府，要送幾匹馬給越南，途中一匹馬不見了，友國也不追究，但半年後，那匹馬竟然跑回主人的身邊，當主人看到一匹又瘦又髒的馬，馬一直對著主人流眼淚，這時主人也激動的認出是自己的馬，從那之後主人都很照顧那匹馬，不讓牠工作、也不讓人騎牠，讓馬愉快的渡過晚年時光。這時作者想那送去越南的馬會是如何呢？應該也會悵惘與悲傷吧！原來馬那麼有靈性，想到這畫面，眞的好感人啊！

作者說：我給記憶命名，只因，我的痴心。而痴心都充分表達在她的故鄉、她的詩、她的畫、也都在這本書裡了。

阮是漫畫家／阮光民的書

一本漫畫家阮光民作者的自傳書，很有故事，很生活化，也深具啓發。

作者自退伍後，就北上拜師學漫畫，跟著恩師賴有賢漫畫家當助手，有六年之久，還有得過漫畫新人獎，後來師父工作室結束後，當了上班族，但下班也沒忘記愛畫漫畫的初衷，常在上下班的路程中，觀察身邊的人，事，物，來構思創作的故事，一次上班經過的東華春理髮廳，想起小時候幫作者理髮的理髮師，因理髮師的親切，讓作者對理髮廳有股貼近的感覺，於是就一步步來虛構理髮廳的人物與故事。

一直很欽佩很會畫畫的人，尤其是漫畫家，因他們除了要會畫畫之外，還要畫出要表達的故事，藉由圖和文字，讓讀者一頁一頁的翻閱，想著這畫面，就很動容。

書中一篇篇的從當助手到成漫畫家的心路歷程，這過程當然苦多於樂，但每一段的過程，作者都認眞活在當下，還常有自己悟出人生的哲理，如：在身邊的總以爲兩隻手隨時可握住，卻忽略十根手指有八個指縫，很多原有的時間，情感就從縫裡流掉了。小時玩的紅綠燈遊戲，反而讓作者喜歡紅燈，因紅燈時不用跑，可以悠哉的看大家跑來跑去。然而人生不會只有紅燈，因爲綠燈隨後就亮了。

作者在外打拼，從住宿在舅公親戚家，因體會不便與不自在，不久就獨立在外租房子生活了，在作者的生活裡，看到作者貼近生活的眞實樣貌，喜歡吃路邊攤，喜歡去雜貨店買東西，因住的地方燥熱難待，常在假日往放二輪的電影院跑，說電影很乾脆，關在一個空間裡兩三個小時，不用行動，不必跟人接觸就能得到故事，結束後，再換下一段另一種人生。

作者說：電影是迷人的，故事是迷人的，但畫漫畫似乎更厲害，它既沒有聲音，也沒光線刺激，更不用把一群人關在暗黑的房間裡，但手捧漫畫的人同樣被催眠著，一頁頁往下翻，被分鏡和故事左右心情與情緒。所以相較下來，漫畫還眞是不得了的東西。是啊！我也深深的這麼認爲，漫畫家眞是了不起呢！

但作者卻不因此而驕傲，反正更感恩現今擁有的一切，他說：得獎就像是感應式的燈照了你一下，經過時被光投射一下子，旁人好奇地看到了你，幾秒鐘過後燈熄了，還是回歸平常的路了。

所以也感恩有讀者的存在，認爲讀者就像朋友一樣，因有朋友這樣出自於內心願意掏錢買，有朋友這樣的支持著，才能一直畫啊！當然除了讀者朋友，身邊一起畫畫的人，陪著你畫的人，共同討論的人，幫忙想東想西讓作品更好的人，同樣都不可缺少。

作者說：東春華理髮廳本身就是虛構的故事，但因作品，卻成就了眞實的情誼。作者感動的就是情誼，而並非改編後爲在漫畫路上增添了什麼。因作品能搬上螢幕，作者也很投入，投入在觀眾的角度，投入把自己想像成劇中的角色，也投入於導演的角色，讓看漫畫的讀者不時有耳目一新的感覺。可見作者能有如此的成就，眞是努力耕耘而來，一步一腳印，實現了自我的夢想。

吸引我書的封面有寫：夢想在於比遠比久！說得眞好眞貼切。下次購書的書單，就買作者的漫畫書來閱讀吧！

時間的洞／胡玟雯的書

一次的講座上，與作家結緣，作者是寫詩的，知道她要出版自己的詩集時，就馬上和作者下了訂單，知道「詩」對我，總感到遙遠，尤其寫詩更讓我怯步，看著作家寫上：詩是生活，也是生活的歌。何不妨從欣賞、閱讀詩開始吧！

那次的講座上只知道作者有患躁鬱症，不知已困擾她這麼多年，作者也坦承從2012年離開精神病院後，現在還在服藥控制，感到慶幸也爲作者開心，至今都還沒在住院過，也相信作者有了詩的力量，生活會越來越好的。

從閱讀詩中，得知作者對於爺爺及爸爸的死耿耿於懷，覺得自己是掃巴星，因爺爺在她三歲時，外出幫孫女買東西時，不幸發生車禍死亡，爸爸也因走不出憂鬱症選擇自殺來結束生命，也許這也是造成作者長期躁鬱的原因之一。

書中分五個單元來寫：病蝕、花蒔、殤實、LORD TIME、彼時。編排的步驟的確是爲作者量身而編的，閱讀著詩也等於閱讀作者的故事與心情，循序漸進的讓我們更了解作者。

病蝕她說：我背著一隻負傷流血的象／想要靠百憂解、思樂康、若定，完全解決牠／或用帶刺的皮鞭抽死牠／再不然／用刀做掉自己／但我還想看看海的模樣／看它有多麼大／雖然他們都說海水鹹鹹的／海浪有種孤獨的蒼涼。花蒔應是美好的綻放季節，作者寫：小麻雀輕彈草地上的跳躍那樣歡喜／歡喜如一件白紗衣被蕾絲繡上／他的讚美。

殤實是作者最悲痛的，幸好在父親走時，之前的所有不愉快，都在父親在世時的最後一刻和解了，我看到「思父」裡滿滿的愛，天空雲朵此刻潔白，藍天此刻澄澈的吸入／我相信你在天上最近我的地方／無風無雨。寫父親的葬禮：水還在流／天也還藍／但逝去的爸爸／我比兩個月前葬禮時／還要想你／你的死／一整個夏天的死亡。在 LORD TIME 的主的時間裡，因是信仰了上帝，也找到了眞愛，翻開在「永恆」的詩句裡：結婚那天／恰巧打開抽屜／聽到／過去是紀念／今天是決定／我輕輕記起從前／將它與婚戒／一起戴在手上感謝。在晚安篇：她經過躁鬱與妄想的壯年／也經過黑夜與你不知道的貧窮／這一刻的平靜使我又想活下去／活在平靜與上帝的永恆。

最後單元彼時裡，已看出作者已用很詩意的來看待自己的生命，也活出自己想要的生活，否則也不會觀察到溜進咖啡廳躲雨的貓，也不會感受到給作者一切的愛寫下寵物狗-皮蛋的眞情感。我也看到作者在時間的洞裡有滿滿對世間的愛戀，作者說：在我的歌聲老去之前陪我慢慢／留在時間的洞裡／長成一朵紅玫瑰。

我想時間的洞，已讓作者活出坦然又眞實的自己，從公園一陣金黃太陽雨中，她掉進了時間的洞也誕出了這本書，一切都値得了，不是嗎？

做一個簡單的好人／許峰源的書

一位出身律師，卻找到以寫作爲職業，因作者的信念，加上行動，一步步看到自己的改變與成長，也盼利用文字也一同幫助無數的朋友，讓生命變得更美好。

這本《做一個簡單的好人》，是作者的第四本書，是勵志的書，書中篇篇閱讀起來都可振奮精神，睡意全消，也很生活化，利用小故事或身邊發生的事來導入，更能引起共鳴。

一天在自己孩子的身上，看見簡單，單純的美好，是人們的複雜把簡單變得更難了。

作者體驗到信念，專注的重要，一次發現自己很多心，雖陪在孩子身邊，但都不專注，手不時的滑手機和看書，總覺得孩子在干擾他，後來才發現，人心中的煩躁，往往來自不專心，當他專注的看著孩子，竟獲得珍貴的平靜時刻，以往煩躁和親子間的問題都消散無蹤了。

作者也提到信念的重要，當我們不斷關注好事，就容易看出好事發生的徵兆，當我們不斷關注壞事，生命總是出現倒霉的壞事。所以留在我們腦海裡的是我們的印記，當信念及印記都是好的，壞的事，相信很快就被我們排除在外了，就像我們種了善的種子，惡的種子一定開不起花，所以好運是可以主動創造的。

喜歡作者寫，在談夢想之前的感觸，他說：人活在世上一輩子，最重要的不是追求夢想，而是履行命中註定的責任。我相信：有責任才能造就夢想，如自己的責任都不管，夢想如實現了，也不實在，作者也說：當我們的一生，能夠超越自我利益，爲家人的幸福努力付出，讓身邊的朋友因我們的存在而快樂，這就是人生最難得的生命支持系統，有了這種生命支持系統，是金錢都買不到的，是無價的。

看著作者的介紹，是七年級生，好年輕的作者，已有二個女兒了，常在台灣，大陸兩地辦講座，也辦得很成功，當心情不好或身體不好時，也唯有好的信念引導他，使他變得更好，也讓無數朋友的生命，找到生命中的太陽，感受生命帶來的喜悅。

最後把作者的理念也作爲結尾，一個簡單的好人，可以毫無障礙進入無數人的生命，活在他們心中。一個簡單的好人，能承擔無數人百分之百毫無保留的信任與愛。一個簡單的好人，能超越自私的自己，讓內心深處的太陽顯露，照耀無數人生命的黑暗。也讓我們一起做一個簡單的好人，讓內心的太陽綻放吧！

做工的人／林立青的書

每當做粗活的事時，總喊著自己是「做工的人」，但看了此書後，稱得上「做工的人」是最認眞活著的小人物，但卻是最不被人重視，忽略的，幸好，有了作者看見了也體驗著，他也心疼著並關懷著他們未來的一切。

作者擔任建築監工，已長達十年的時間，在工地的人間，看盡工地的生活百態，從工地的「八嘎冏」，是八家將跳陣頭的稱呼，到他們飲酒及吃藥的文化，私下看著工地現場有了相同的世界觀，說：警察是壞的，會欺負善良的老百姓。對警察的稱呼「賊頭大人」，站在他的眼裡，也看到身為警察的，所缺乏的裝備，關注，人力和鼓勵。

做工的人愛拼，也讓作者寫出一篇篇的生命的故事，如「進修部」的進修是指坐牢的，在工地的工人碰到更生人，是常有的事，但只要他們能好好做事，作者都會以接納和寬容的心來對待他們。

作者也三不五時的碰到工人來跟他借個小錢，通常他都會借，看到工人辛苦賺來的錢，去娶外藉新娘，外籍新娘卻拿錢逃跑了，有的因工人的老婆是外籍新娘，受到不公平的對待，但也在他們的身上看到盡是堅韌無比的生命力而感動，也眞心希望這個社會能給他們最好的待遇。

書中也有寫工人下班後的娛樂，如伴唱小吃部，虧檳榔，在茶室裡，工人尋找歡樂的地方，但作者也看到生活在茶室，伴唱賣檳榔小姐的滄桑人生。像阿霞姊的故事，阿霞姊是養女，15歲時被養父母嫁到了台中的工廠，在她19歲時她老公以她的名義開票，卻跳票了，害了阿霞姊入獄，等她出獄時，老公不見了，身上卻仍有不知從那來的債務，此後，就一直過著被追債，逃離的生活。

一天意外在工地旁享受到修腳皮的服務，才知越南的姑娘是修指甲美容彩繪的高手，家人笑他無知，原來我也和作者一樣，現在才知道呢！

看到作者對工地拾荒者的愛與關懷，想盡所能的讓他們以自己的雙手自力更生，看到他們辛勞付出後，就可以吃到豐富的一餐，就值得了，也看到看板人的無奈，他們的心酸，顯示在他們空洞的眼神裡。

看著工人爲便利商店的店員解危，對「奧客」說「不買就滾，別擋我路」的義氣，也看到了工人體會、理解、尊重店員的一面，喜歡作者說的：畢竟做工的疼惜做工的。當知道許多的師傅堅持在進便利商店前，絕對要先將自己的雨鞋清理乾淨，否則寧願不踏進去。原來他們都有此細膩，善解人意的心，讓我好感動，做工的人能做到，我們應該也要做得到。

作者怕他只能在自己的世界裡，看著自己所要的內容。但人活著能做到這般，就值得掌聲了，若不是作者在自己的世界爲做工的人發聲，我們怎能體會工人的生活與辛酸，如人們都有著彼此疼惜彼此的心，我們活著就有希望與歡笑了。

雪花飄落之前（我生命中最後的一課）／瓊瑤的書

這是本關於老、病、死還有愛的書。作者對於生死說：「生時願如火花，燃燒到最後一刻。死時願如雪花，飄然落地，化爲塵土」。翻開導讀天下文化的創辦人高希均先生則說：人生的終點，不是死亡，是與書絕緣的那刻；人生的起點，不是誕生，是從「愛書如命」那刻起。

看這把生死的形容很震撼我，火花與雪花、愛書與不愛書，就可代表生與死。生死觀因自己的價值觀而定，有人熱衷服務、畫畫或戲劇或唱歌或旅遊上，生命因有它們而喜悅，否則就乏味了，可見無感就如同死亡，所以趁有感時，好好感受生命的每一個當下。

此書作者因丈夫晚年得了失智症，去年有一天的晚上突然意識不清，送到榮總急診後，從此就沒出院過了，他活著只靠那根鼻胃管來維持生命，也是那鼻胃管讓作者心痛與心碎。因作者的老公生前的遺願有說：病危時不要送進加護病房、不要任何管子和醫療器具來維持生命、無論氣切、電擊插管通通都不要、請讓我走得清清爽爽，但作者最後沒能完成老公的願望，因老公的小孩不同意，因那是他兒女對父親表達愛意與不捨的表現，有時總是不能兩全其美，就當是你欠兒女的債，讓老公就爲孩子多呼吸幾年，也希望丈夫能原諒作者的爲難。

一天作者作夢，夢見老公託她把這段經歷寫出來，於是才有此書的誕生。書中前半段描寫作者照顧失智丈夫的過程，很多的篇幅可在作者的臉書上搜尋得到，後段寫與老公相識的點點滴滴，從戀愛、創業、結婚，看著他們夫妻相處的互動，才知作者寫小說的浪漫，老公都對老婆詮釋出來了，生日的送花、貼心的爲老婆蓋棉被與關燈，蓋可園，七十好幾了還爲老婆寫情書，而老婆也爲老公犧牲及妥協很多，因老公愛電影成痴，去歐洲陪老公瘋狂的看電影，創下歐遊兩個月就看了50部電影，老公投資電影和電視的事業，多次幫老公處理危機事件與簽下合約，也創下彼此合作的事業高峰，難怪老公說：如果我沒有辦皇冠，我不可能和瓊瑤結緣，甚至不會相識，那麼，我的生命可能不會有那麼多雲彩。如果皇冠沒有瓊瑤，皇冠可能不是現在這樣子的皇冠，但我深信，瓊瑤還是瓊瑤。

可見夫妻的情深意重，如今老公不會說也不會寫情書了，作者說：如何面對和接受死亡，是她現在要學習的課程，當生命不能喜或憂、當愛未能適時放手、過度醫療究竟是拯救了生命還是延長了痛苦?作者的省思也是我們活著的人也需要深思的，人無法選擇生，就讓我們可以學會善終，學會文學課老師也有說過的：生死之外，尊嚴我作主。

雖作者老公已失智也不能活動自如了，但他的生命對我來說，是很有價值有意義的，您要知道您老婆努力的活著爲您寫出這本書，爲您教我們大家如何去面對老、病、死，還有如何去學習您對老婆的那份堅定不渝的愛。

轉個彎，就是幸福／游乾桂的書

閱讀多本乾桂老師的書，深深體會老師已自創自己的生活哲學，知道在他將近40歲之時，因一場意外，悟出人生的生死一瞬間，他強調馬克吐溫說過的，人生有兩件事，一是誕生；二是懂得人生。

懂得人生，是他這些年來修的功課，今年也創辦「幸福學堂」來分享他的幸福學，他的漂流木的創作品，讓每次的書友會或在臉書分享時，都帶給大家驚喜連連，個個都愛不釋手，老師也割愛讓大家都享有了，這是老師悟出得與失之間的價值，在山水之間讓他悟出，其實真正的老師叫做「大自然」，老師的生活處處都有禪意，如在自家的頂樓種花、種菜，與貓互動相處的點滴、在家中的藝文走廊掛的畫，都是一幅幅美好的風景。

與家人的相處，更強調陪伴的重要，也悟出人們的相聚，要把這次當成是最後一次，也許可能的擦身而過，就是永遠了，一生還有幾個下一次呢？

老師在二手的跳蚤市場裡，也有他的審美觀，把瑕疵品買回，用他的巧思，又變成讓人們稱奇的藝術品了。

當然也喜歡他每天早晨在書房裡的閱讀與沈思的時光，悟出的人生哲理，寫成本本的著作，都是很好的身教與榜樣，如同老師強調的，活著就是要讓生命活出價值來。

價值不是金錢可以衡量的，他說人生四十要懂得生活，五十要懂得偷閒，六十要懂得優雅，七十要隨心所欲，八十由他去吧，如今我們如能全部懂得，人生豈不是更加快活愜意，《轉個彎，就是幸福》是本很好生活的提醒與美學，推薦給大家喔！

親愛的，你今天快樂嗎？／游乾桂的書

簡單的一句問候，卻道盡現代人的生活面貌，作者總是苦口婆心的提醒，活著什麼才是重要的。

作者總寫出現代人的盲點，而活著的人們，很多的道理都懂，但總是要等到發生了才在遺憾、後悔，一個個明知不可而為之，如果想趁早悟得，那就趕緊收收心、檢視自己一下，問問你今天快樂嗎？

本書分6單元來寫，也寫下我悟出的感觸：

1. 惱人的時間病～與時間追逐，就好像跟金錢追逐一樣，不浪費就會有時間了，那不浪費也就有錢了。作者說現代人有年輕的外表卻是老人的身體，嚐到壓力、慾望帶來的苦果，偶爾停下來偷閒一下，透透氣吧！

2. 文明改變了社會？還是心？我覺得都有，當社會風氣好時，心自然也舒坦了，所以活著的我們，當文明人就應當活出生活的美好，不要活像無魂有體的稻草人。

3. 活出自己的意義～作者藉由在跳蚤市場買了一本十元的舊書，弗朗克的「從集中營說到存在主義」，內容是敘述弗朗克在二次大戰被關進囚牢，看盡一切生離死別，他相信只要找到生命的

意義，人就有活下去的理由，作者說老闆把舊書來賣，他卻視之爲寶，是寶非寶，非寶是寶，的確因每個人的價值觀而定，他說人生最終的價值觀在於覺醒和思考，而不在於生存。當然活出自己的意義是最重要的，要當自己的主人。

4.當自己的心靈補手～人生的低潮逆境來臨時，把它們當成朋友，天氣不是永遠都是晴天的，有陽光、小雨，有黑夜與白天才能體會各種意境帶來美好與啓發，壓力來訪時別無他法，做好應門的準備，唯有自己救自己才是眞的。減壓的方法很多，聽音樂、閱讀、運動、飼養寵物或約知心好友談天……等等。

5.編寫新的生活節奏～如果能貫徹作者的理念加上自我想要的生活方式，必能活出屬於自己的生活節奏，最好抬頭低頭之間盡是快樂，打造屬於自己的安樂窩。至少會知道錢買到的全是小事，買不到的才是大事，價格是金錢表面意義，價值是深沉的內裡。像健康、快樂、天倫都是金錢買不到的。

6.減壓的優雅地圖～寫出培養好習慣、好生活態度的重要，要認眞的對待自己，才會用心的對待別人，以八小時工作、八小時睡眠、八小時自由安排來面對生活，不要除了工作還是工作，作者一半的哲學主義，卻多出很多人們享受不到悠閒時光，也編織屬於自己的優雅地圖。

如果您身心已感到疲憊不堪，快樂離很遠了，來閱讀此書吧！我認同快樂比金錢重要，更能體會讓別人快樂是慈悲，讓自己快樂是智慧。如能慈悲又有智慧那就更美好了。

開始，期待好日子／阿飛的書

一本很生活的書，易讀也入心，可見作者對於過日子，每天都很有感觸，他的至理名言「只要好好過日子，就能期待好日子」很勵志吧！

本書分工作日，人際日，愛情日，家庭日，生活日來寫，現代人過生活總逃不過這五種選項，它就像我們人體的器官一樣，缺少一樣都不行，這五日把我們的生活都占滿了，當然在過日子的同時，也希望盡可能的過好它。

工作日～把份內的事做好，再求其他，認同作家說的與其問爲什麼，不如去想要做什麼，在行動做的同時，就已在過程中學到樂趣與成長了。養成不依賴別人的個性，學會獨立處理好事情的能力，一時環境或情緒低迷，就轉念調整好心態，唯有好心態，才能時時有力量，讓工作時時充滿能量。

人際日～先把自己照顧好，再做好其他，人與人之間不必太在意別人喜不喜歡我，也不用刻意討好別人，不參與口舌是非，學會尊重別人，別人也會尊重你，相信自己，喜歡自己了，別人也會喜歡你了。

愛情日～喜歡阿飛說的談戀愛，一定會經歷逐漸消失的自己，卻又慢慢尋回自己的過程。愛情的多樣性，除了看著自己的蛻變外，也因不斷的受傷或嘗試，才會發現，再多的條件也比不上適合的。

家庭日～很多人會感嘆自己家世不好，輸人很多，父母常把自己的理想加在孩子身上，讓孩子像被綁架，無法活出自己的人生，其實好的家庭，是要自己創造的，當父母因關心而嘮叨了幾句，退一步想，是父母表達錯了，有人關心多麼幸福，也不要抱怨父母不能給你什麼，這世上沒有沒有眞正糟糕的環境，只有心態糟糕的人，願每個人都能打造屬於自己滿意，有愛有溫暖的家。

生活日～坦然，眞實，不做作，勇敢的做自己，生活不一定都要有正能量，要悲傷就悲傷吧！只要記得跌倒了學會能再站起來，再次前進就好，人生有時候失去其實是得到，學會認輸，才是讓自己重新開始的時候，退一步想，腰一彎，事情就過去了，生活不要強求，選擇適合自己的，讀好書，懂得交好的朋友，即使現在找不到適合的，只要不放棄，好的生活日，一定會出現的。

閱讀阿飛作家的文字，很容易進入心坎裡，因很生活，很勵志，只要不氣餒，不絕望，好日子，一定天天降臨在你我之間，也推薦大家也來閱讀喔！

奧修三部曲／愛、情緒、改變

愛～

愛是什麼　簡單分享奧修對愛的見解～

唯有在愛的環境中　愛才會成長

愛　就和你呼吸一樣　是一種自然的運作

與其去想如何得到愛　不如開始給予　如果你給予　就會獲得　沒別的方法

自由是最高的價值　沒有自由的愛　就不是愛

愛是無條件尊重對方的一切　當你無條件愛一個人的一切　就不會覺得受傷　你反而會因為愛而更豐富　愛讓每一個人富有

靜心是男人　愛是女人　靜心與愛的相會是男人和女人的相會

在眞正的愛中　伴侶兩個人都成爲單獨的　你因爲愛觸及到內在的完整　愛使你完整

愛是連結　不是關係　關係是醜陋的　連結是美的

愛人成爲彼此的鏡子　愛就變成了靜心

眞實的愛不是同情　眞愛是出於情感的　它是同感　同理心　不是同情

其實讓我印象深刻，和朋友立即分享的是～

愛與靜心，愛與自由是並存的，人要有覺知有意識，照著內心最眞實的聲音走，在有愛的關係只會越來越喜悅，如在愛中痛苦，就是變質的愛。

因他體會很多人越愛越不靜心，越愛越不自由，如果您有此感受或被愛束縛，被愛制約，那不是愛出問題，而是別的原因已浮現，看是不是愛的方式錯了，還是妒嫉心、占有慾在作祟等。

因爲他強調眞正的愛只會帶來成長及喜悅，是不是很有道理啊！願我們在愛的路上活出眞正的靜心與自由。

情緒～

情緒來了 您在意嗎

奧修告訴了我們 情緒是無法恆久不變的

它是變動的 您會悲傷 快樂 恐懼 憤怒 嫉妒……等

他強調情緒來了 不要壓抑 要表達 要發洩 要觀照

壓抑是毀滅你自己的做法 也是一種慢性自殺

愛和憤怒是一體兩面 它們是整套的

一個真正能夠愛的人 也是真正能夠生氣的人

情緒一定是和身體的動作相互呼應
情緒來了 身體卻沒有和它一起行動 表示壓抑了
如您學會觀照 必知道所有的源頭是來自你自己 你的心
爲何會悲傷 快樂 恐懼 憤怒 嫉妒或愛……等
那是您要了解及面對的功課 不要逃避
悟出了道理 對我們的生命將是充滿喜悅的
情緒的處理也跟靜心有關
當要憤怒時 先閉上眼睛靜靜想想
觀看自己憤怒的過程 就是一種釋放 一種昇華
如想更明白其中的奧妙與道理
就讀讀奧修的《情緒》一書吧！
改變～
闔上書 想想奧修說的改變
他說改變是改革 革命 叛逆三步驟
改革-是改變外在的行爲 革命是改變外在的結構 叛逆是改變人類的意識
要完全的改變必須通達到我們的意識

你認識自己了嗎　有綻放自己了嗎
一朵花都懂得綻放它的美麗與芬芳　而我們綻放了什麼
他強調現代人大多都被傳統制約　很多盲目跟隨者
活著一輩子都不知道自己是誰
所以他強調每一個個體（生命）的獨特性
認識我們獨一無二的自己
讓我印象最深的思惟　是他反對遇事不順就閉關或去深山修行的人
如眞的去修行也要勇於出來面對　才是會進步
一個人修行太過（隱藏了自己）也不對
應一半顯內　一半顯外
適當的表達、分享、綻放自己是重要的
生命才會充實與甜美
這時又讓我想到我們常說的中庸之道
人的個性　眞的不能太內向　也不能太外向
我們常遇到挫折　這時就可觀察
是否自己太內向或太外向　找到自己的弱項

我們就會比較了解自己　清楚知道應往那一方面下功夫
所以要改變　也是一種勇氣
有膽量叛逆活出我們的獨特性嗎　真要時時覺知呢
我們的人生　就得由我們去創造
看見了改變的力量嗎
他說改變了自己　同時改變了世界　您認同嗎
我的解讀是自己重生了世界當然就處處美麗了

愛一個人／張曼娟的書

日子一天天過，自結婚後，心裡的悸動早已心如止水，也許已不再年輕也或一旦情感有了歸屬，在時間慢慢沉澱後，「愛一個人」這四個字，似乎已離我很遠，佩服作者有敏銳、細心、觀察入微的心，把「愛一個人」的種種樣貌，分析的透徹又到位。

本書分三個單元，寫愛情DNA、愛情CAMERA、愛情COM，都用短篇散文寫成，裡頭共77則愛的小故事，很生活化、也很入心，更能喚回我們對愛的記憶與省思。

在愛情DNA裡感受到夫妻相處久了，連對方為你付出的心意，大多人都疏忽而理所當然，導致一方長久累積下，心產生了不平衡而離婚，但之後只因對方說了「謝謝」，而再復合，復合後是否又會往事重演還是會重新的更珍惜一切呢！一位老公看到老婆在婆媳相處的壓力下，貼心為老婆選了一條不同的路，搬出來自立門戶，雖經濟壓力變很重，但還是不後悔，努力打拼改變了家庭的命運，出路是會有的，只要不怕不悔，一切會否極泰來。

在愛情相機裡看到了，在現實生活中有大仁哥太難為了，也許一輩子也碰不到，欣賞作者獨到犀利的眼光，說同病相憐不可愛，但往往人們都會看不清，以為是惺惺相惜，結果反而讓弱點陷得更深而無法自拔，也了解到嫌而不棄的感情，眞是難得可貴，等有一天愛人都不嫌棄也不唸你時，才要擔心呢！而愛得太纏綿的愛，連呼吸都困難了，才會無法有完美的結局，愛情的外遇，想要搶救愛情大作戰之前，要先搶救自己最可靠，如要付出感情，愛最好讓彼此知道，才能刻骨銘心。

在第三單元愛情 COM，有愛的回聲、愛的背影、愛的當下、愛的樣貌。愛的回聲～有人的習慣養成是因爲初戀的那個人的動作或一句話，而改變了一生，愛的回聲是需要立即的反應，也許現在看不出來，但它的回聲是可再長時間下，看到很深的影響力。

愛的背影～是愛進行式下產生的，對方的習性、行爲相處的磨擦而產生愛的繼續或否定，愛的背影可構足了心中的答案。

愛的當下～是觀察戀人們相處時動人貼心的畫面，樂於處在愛的當下的人，都很美很眞，如愛人再選擇一次，選來世依然也不會變，眼中只有彼此，也盼愛經過淬鍊，變得香醇、也更善解人意。

愛的樣貌～看到了青少年的愛情，單純深刻又專注。牙醫師的理解，是單身罵媽媽的共同理解，要追求已單身但又有小孩要顧的，也要有顆理解對方的心。共同朋友的邀請鍵，看交往的熟悉度，再看是否接受這個邀請。戀人也需各自有各自的生活圈與興趣，生活會比較不狹隘，倦怠感就會少很多。再美也有落幕的時候，眞實的生活就是去除外在虛華，內心安定充實最重要。也認同戀愛就是強迫症，因爲會希望對方能理解我，希望對方能如何如何，還眞是強迫啊！愛情的最高情操，是寧願人負我、不願我負人，是傻氣也是情義。

原來我們一路走來，愛的樣貌早已在心裡存著烙印，影響我們的選擇，知道心動和感動的分別嗎？我寫下心動是霎那間；感動是醞釀而成。

發現「愛一個人」時，心動又行動是最美的，無論發生什麼時間，希望都能在愛的當下發揮極致，讓愛的回聲也可迴盪在彼此的心房，一同來譜段浪漫的戀曲吧！

當我提筆寫下你 你就來到我面前／張曼娟的書

一本好有感情，溫暖的書，很入心，看見作者親手寫字的文，真的就像作者在我眼前般，聊著她的父母，愛情觀與人生的見解。

喜歡她與父母相依與濃厚的感情，雖然捨不得父母衰老，但也體會與學習到與父母相處的可貴和珍惜。爸爸說：醫生能醫病，卻醫不了老。除了無言外，就眞的只能好好把握每一天能相處的機會，作者說：天使就是我爸媽，請把天使留在我身邊，長長久久，可以嗎？也愛作者她說：一直等待不知會不會出現的光，不如當一個可以給光的人。

作者說起戀愛理論，不要再問愛的付出値不値得，愛的本身就是快樂，如果你以爲愛是投資，要有豐厚的獲利，就請出場。愛是快樂，那就是愛，愛若痛苦，就快離開，在她的世界裡，沒有愛人或被愛，只有相愛的等待與追求。有人說：愛讓我遍體鱗傷與痛苦，愛，常常背負罪名，卻是眞正無辜的。閱讀著作者對愛情的註解，好認同，與了解愛就是要這般，那世間的愛情一定很美，也就不會有情殺與自毀的一面了。

作者愛樹與植物，喜歡一切自然的現象，如她喜歡紫陽花，說：晴朗時看花很美，雨中潮潤的花更令人心動。人生當如紫陽花，晴雨皆好。眞好的人生哲學，不是嗎？

作者的體悟，很多事年輕的時候不明白，終於明白了，已經不年輕了。說：成熟晚了，才能蘊藏著歲月中的甘美滋味。眞正的修行，是讓每個靠近你的人都很舒服。不委屈自己，不勉強別人。眞正的修行，先讓自己成爲一個快樂的人。重要的是自己認眞活過的人生，那才是我的。她說唯有不甘願被粗糙瑣碎馴服的人，才能馴服生活中的粗糙瑣碎。她的通關密語：做你自己就好。她說，背影是留給別人看的，生命卻是自己深刻體驗的，相信盡力過好每一天，就能留下一個好看的背影。

朋友有沒有讀到心坎裡了呢！這本書很易讀，就像好朋友跟您聊天，分享生活中的一切，人都是在好朋友面對面聊天中，舒坦的放開一切，聊得不知天已黑或肚子已餓，欲罷不能，此書就有神奇的功效喔！文字不多，很適合現在忙碌的人閱讀，也許閱讀後也瘋狂想念起寫字的滋味，拿起筆來了。

像我這樣的一個記者／房慧真的書

一看到這書名就吸引了我，作者會如何介紹她呢！未得知這書名之前，說眞的，都不認識壹周刊有這位記者，一般眼中的壹周刊都是狗仔隊報導引人話題、駭人聽聞的八卦，吸引民眾的好奇與興趣，創造很好的銷售量，作者也坦承也因有這般的銷售量，才有經費讓她採訪一個個我們熟知與不知風雲人物的故事。

彷彿在黑暗中看到了光，如作者說的善與惡、美與醜、髒與淨，就像複雜的世界一樣是並存的。本書是她在《壹周刊》2011-2015年所採訪人物的總集，內容分「游於藝」、「志於道」、「依於仁」、「據於德」四個單元來寫，採訪人物有藝術家、影星、導演、學術教授、律師、作家、宗教的達賴喇嘛、政治人物……等等。有的跨足國外的報導，看作者巧思以人的故事，搭配對人物的了解，用最貼切的方式來下的標題，帶著我們由她的眼睛看出去的世界，處處都可看見作者的用心、貼心、細心也有毅力恆心的一面。

作者也不藏私分享她的採訪心法，說著她採訪這些年的經驗與技巧，很能認同她說的：採訪，是探險也是探索。她的採訪心法爲：

「蛔蟲」～先做功課，才能問到對方的心坎裡，問到對方覺得你就是他肚子裡的蛔蟲一樣，問到欲罷不能、無話不談。

「夾藏」～採訪前先整理好訪問的問題與內容，要清楚什麼問題在先或後、輕重緩急有層次，訪綱只是骨幹，不要笨笨照著唸，是怕一時慌了不知手錯時來用的。

「年表」～人物訪問作者通常都會做一份個人年表（出生、畢業、婚姻、工作），或參考出生年或成長時期是否有歷史事件的發生，有的採訪到最後都變成家族史了，因全家總動員了。

「無聲」～我想這是最高境界吧！作者已經可以從對方的肢體動作、舉手投足、服飾衣著等來了解及觀察一個人的功力，說鏡頭拉遠，觀全局。鏡頭拉近，觀細節。

「敵人」～要站在受訪者的角度想事情、讀過他讀過的書、聽他喜歡的歌、看他提過的電影，甚至，要了解他的敵人。有說要讓人物有層次感，不能只聽他說，要大量的側訪，因壹周刊有訓練採訪一個人物要有五個以上的側訪，有的採訪者的朋友位於北中南也是要長途奔波的親自去側訪，側訪的最高級，是找到他的敵人。敵人不一定是字面上的敵人，而是處在亦敵亦友的灰色地帶，或者就是所謂的瑜亮情結。

之所以簡單列出作者的採訪心法，因作者眞的寫的很好，分析得很透徹，難怪她可寫出一篇篇精彩的故事，挖出別的記者所採訪不到的，她形容自己採訪前是隻花豹，全面啓動，進入一種野獸時刻。當了記者也像海參一樣，裸露著去感受與聆聽。在開始之前，只是等待而不觀察，會漏失一切，細節，往往也在結束之後才開始的。細節，存在於沒有開始，也沒有結束的環狀時間內，所以無盡。

雖然這本作者是獻給已故的作者楊汝椿先生，因感念他，她說：汝椿可以激進大膽、也能溫和柔煦、能進能退、收放自如，他邏輯清楚，是最好的策士，滿懷理想是具有戰力的行動者。目前作者已離開了壹周刊，跟著汝椿記者的好朋友，在「報導者」當資深記者，她說她會和汝椿的好兄弟榮幸，還有許多優秀的新聞工作者，並肩同行，繼續幫朋友走他未完成的路，很感人吧！讓我看到了，好的風範，就是最好的傳承。

孩子，你還會愛我嗎？寄不出的40封信／劉北元的書

一位曾經是月入百萬的律師，年輕有為，享受名利上的成就之時，每日被慾望所迷惑，雖已結婚也有一個小孩，但還是不滿足，對感情也喜歡追求刺激，不喜歡平淡，看上的女孩總想占有操控她，對方提出分手，一時憤怒無法放手，於是失去理智、發狂似的把女友殺死了。

在長期牢獄監禁，使他在獨處中充分的觀察，認識到自我，從絕望到反省，也信了耶穌，性情也轉好很多，因在牢獄深怕時日不多，也無法陪伴孩子成長，怕想和孩子說的話沒能傳達，於是用寫信的方式跟孩子說自己一路走來的點滴，信裡總看到爸爸對孩子的不捨、愧疚與關懷，從兒時記憶、求學過程、同學情誼到如何面對感情，面對自我到承認失敗的眞心話，封封看得見作者的悔不當初，也看見作者徹底覺悟而改過自新了。

作者目前已假釋出獄，也積極在監獄傳福音，盼裡頭的受刑人，能藉由分享他的故事時，能從中得到改過自新的勇氣，好好面對自己的失敗，讓迷途的心，早日找到靠岸的方向與人生目標。

雖作者的家人、同學、朋友、信仰都已原諒他了，但他還是以贖罪的心來幫助誤入岐途的人

們走回正軌，相信他會活出他的生命之光，而我也相信他在獄中的三滿（親情、友情、學問三大滿足）一管（慾望管理），也會持續下去，讓更多人知道如何活出更好的自己。

書中信裡篇篇都是最誠懇的對生命的叮嚀與反思。分享他的字字珠璣：

⊙我們的肉體不可能回春，但我們的心境可以返老還童。

⊙多進境一分，生活便快樂一分，多追尋慾望一分，便多苦惱一分。

⊙獨處，是重新錘鍊心性的契機，只要敞開心胸讓寂寞空虛入住，認眞用心和它相處，事實上它並不可怕，反而它會領著人去認識自己，反省自己，最終使自己謙卑下來度日。

⊙愛是需要一顆恆久忍耐的心來支撐，才能持續不斷。

⊙與其盲目地追隨群體的腳步，寧可勇敢踏出自己的步伐。

⊙學會饒恕別人，沒有任何一個人是完美的。

⊙工作要以做好爲考量，不要以錢做爲第一目的。

⊙當你等候，要忍耐。學好忍耐的功夫，得要先學會等待。

⊙慾望的滿足只會帶來短暫的快樂，唯有犧牲與奉獻才能讓人在付出的過程中，得到長久而眞實的快樂。

⊙先爲別人求，再爲自己求。

⊙曾眞正經歷過生命絕境的人才會知道，上帝不是關上窗的同時立刻打開另一扇窗，而這一開一關之間充滿了生命的痛苦煎熬和試煉，能爬過布滿荊棘礫石的絕望之路，站起來祈求上帝的恩典，祂才會微笑地開起另一扇門。

⊙人從出生到死亡，都不斷地在學習，學說話、學走路、學知識、學做人、學如何面對生活、學習如何從容走向死亡。愛情也需要學習，談愛情學如何擁有、也學著面對分離，守得住一杯茶、一碗飯的平淡歲月，也就守住了人生幸福的底線，這茶飯間，就是情就是愛呀！

⊙坦然面對自己內心的黑暗面，你越了解它，便越能馴服它。

⊙學會安靜中累積智慧，將自己的層次提升到更高的境界。

⊙驕傲會讓人看淺了人生的深度，弄窄了生命的寬度，進而迷失未來的方向。

⊙挫折本身並不會讓人成長，失敗後的勇敢面對，誠懇反省，用心改變，才能造就重生的關鍵。

⊙失戀的幻痛，與其用力的挽回感情，倒不如承認失敗，學習放下，祝福對方，可能更容易走出情感的困境。

信裡頭還有很多人生的哲理與省思，被慾望纏身的或常常不快樂的，閱讀它是一帖良好的處方喔！雖作者知道，人們不能輕易就能夠原諒他，他也不奢求，只願以自己故事的分享，讓孩子及迷惘的人，找到正確的人生方向，也相信感恩是作者重生的開始，祝福他。

下一秒的人生／劉北元的書

近來又被很多的書本包圍，閱讀的因緣可以牽出很多的線，如我不閱讀石德華老師的書，就不會閱讀蔡淇華老師的書；也更沒有機會閱讀北元老師的書了。

也許這也是一種冥冥之中的緣分，我願珍惜。本書的書名「下一秒的人生」，很吸引我，一定會有強而有力的、振奮的、鼓勵人心的好文章，從得知作者曾經是律師，因利益薰心、翻滾在婚姻外的情慾中，因得不到想要的愛，導致的情殺案時，我常也自問，如我是被害的家屬，我會原諒他嗎？每當問時，心裡是很掙扎的，原諒與不原諒，常常會問自己，也問身旁的好友。

雖然大多的答案是不原諒，但閱讀書中的內容，使我得知受害家屬和作者的親朋好友都選擇原諒了，我還在掙扎什麼？把掙扎的心轉爲對作者的祝福，一切會更美好的。

如作者沒有反省與改變，就不會再二年內出了三本書，也不會經過一場一場的探監，以自我的故事做分享，讓更生人有重新面對自己或社會的勇氣，更不會有一場一場的講座，把年輕學子迷途的心，找了回來，看作者以贖回的心，所做的努力，已經超出好多好多，連我都自嘆不如了。

本書分五個單元：態度決定人生、選擇與代價、生命帶領生活、人生向前走、所謂的幸福。篇篇都是精典之作，尤其可見到作者的用心，如引據學者說過的話，他都會清楚的整理出來，如美國社會心理學家費斯丁格（1919-1989）曾說：「生活中 10%是由發生在你身上的事組成，而另外的 90%則是由你對所發生的事如何反應所決定。」，作者把名言出自哪裡，連學者的出生年到過世年，都標示了出來，可見這也是作者下很多功夫整理的，處處可見作者的用心與巧思。

如要在這五單元作個總結，我希望以真誠、坦然的態度面對我的人生，以理解之後再選擇，無論結果如何，都虛心的接受與承擔一切，這就是自由的代價；至於是生活帶領生命或生命帶領生活，這是一大的學習與功課，當然也希望可以真正做到生命帶領生活的境界，讓生命的價值發揮極限；如懂得時時樂觀、學習、反省的生活，人生一定是向前走的，在快樂的向前走時，活到海鷗忘機的境界，當一個無心機、單純的過好每一天時，那就是所謂的幸福了。

想想「下一秒的人生」，是好是壞，我們的態度與選擇很重要，要下一秒的人生活得好、活得充實，就從這一刻開始，好好創造與活出自己的生命價值與意義來。

《下一秒的人生》一書，值得大家閱讀喔！

一萬小時的工程：隱形的天才／蔡淇華的書

有人說每過一年，起碼要交到一位新朋友，才可豐富人生。那我也發現每過一年能認識以往不識的作者，閱讀著他們分享人生的故事與人生觀，也可讓生命充滿喜悅，讓我們看得更寬廣。

這本《一萬小時的工程：隱形的天才》的書，是因閱讀石德華老師的書才認識有這個作家，於是在購書的書單裡，當然要列入，果眞讀完後，心裡至今仍充滿感動，回想書中25篇的故事，篇篇都能打入我心房，眼淚都在眼眶中打轉，體會什麼是眞正的活過，也相信熱情眞的可以當飯吃，也願意當個笨蛋或傻瓜來築夢，更相信認眞努力的背後，在夜裡依然可以升起一道彩虹。

在第一單元裡「熱血的笨蛋」中，作者藉由家中兄弟、學校死黨和自己人生際遇的故事，讓人更貼近他的心房，也更能領悟人生的道理，終於知道作者爲何能活出自己的一片天，因他相信不管那一種專業，成功的最大前提都是要有一萬個小時的不斷練習，想要成功，必須先爲這個目標努力一萬個小時。

我也深信這個道理，天下是沒有白吃的午餐，一分耕耘一分收穫，選對一條正確的路，就開始累積你的一萬個小時吧！

在第二單元裡「卑微的壯遊」裡，讓我看到作者對於人生觀察的細微，他說每當把自己逼到絕境時，縱身一跳，崖下會爬出一個進階版的令狐沖。說快樂來自內心；說不會算計的人，常是眞正的贏家。說勇於不敢才是眞正的漢子，也佩服作者去他的根性的恆心與毅力，打破性格難改的命運，所以他的旅遊才會每一次縱是卑微都是壯遊的。

在第三單元裡「分數的迷思」裡，分享家中女兒升學考試的過程，看作者一路陪女兒成長的生活，無論女兒成績考好考壞，他都能欣然接受，也不時在旁安慰鼓勵，看到女兒轉變爲自信又快樂，也深知好的家庭教育是讓孩子最好的啓發。一則他鼓勵學生，把她的故事寫出來，因而創造學生在寫作上拿到散文獎第一名，說學寫作，不如學感動。的確，心有所感才會更有生命力寫出另人深思動人的好文章，能懂作者爲人老師那慈愛的胸襟，他不想學生會因分數來決人生之生死，也強調我們身處環境的重要，如資訊落差會對一個人的命運影響深遠，朋友的好壞也是會互相影響的，他呼籲老師們在資訊與階級落差中，不要讓差距越來越大，強調出身貧窮的天才不一定會被埋沒，非明星學校的孩子也不一定庸碌一生，大隻雞眞的會慢啼，有人在校時腦袋都不開竅，到出社會才開竅的也多的是，最後也期許自己是大隻雞，雖是慢啼，但慢慢會看到自己生命的光與熱。

學上當／秦嗣林的書

喜歡作者說的：向上當學習，它們可以一次又一次的磨亮自己。40多年來，作者看盡了人生百態，尤其在當鋪裡，更能感受到人生的潮起潮落、人性的善與惡。作者不怕潮落也不怕惡，他總能一次又一次的對自己說：只要能把這些上當，當成機會教育，就是「有營養」的當。

是的，作者真的做到了，也磨亮了自己，書中關於工作、金錢、態度、人生，都是作者這半百人生的體驗與領悟，篇篇都是讓人省思、成長的好文章。關於工作，一則說到：先養雞，還是先養狗，人生有時因搞不清楚狀況，常會不知所措，但學到了經驗就會知道怎麼做了，像先養狗再養雞，結果後來進來的雞，被狗攻擊咬死了，如果先養雞再養狗，讓狗知道，雞的地方是牠們的地盤，就會和牠們和睦相處、相安無事，就像商品要先重視品質，再考慮價格，是可以兩者都可兼顧到的祕訣。

工作要做得好，能力與定位是息息相關的，惟一與惟精密不可分，「經驗」也是一種鑑定的能力，唯有用歡喜心去工作與面對，才能發展無限的可能。

說到金錢，年輕時，我們用時間換取金錢；年老時，我們用錢卻換不到健康與時間，所以在賺錢之餘，培養自己的生活情趣，也是很重要的。

關於態度，如來典當的人，大多是遇上了金錢危機，這時的態度就很重要，作者比喻要當「跪人」還是「貴人」，都是人生中不可避免的角色，當「跪人」時要懂得反省，才會有機會成為「貴人」。要努力讓自己多幫助別人，也成為別人的貴人。「回饋」才是人生存在社會中最大的價值。

遇上心情不好時，不要鑽牛角尖、不增加垃圾，學會清理生命裡的垃圾，才會讓自己活得開心與自在。不要怕失敗或被人利用，往往這時是轉機，有被利用的價值，才是眞正的價值。所有的好事與壞事常常不是事情論定，而是當事人的轉念，喜歡作者說的：心正了，萬事就不會為難了。

關於人生，遇到挫折就像遇到紅燈一樣，要暫停一下，讓我們思考一下，才能順利抵達下一個目的地。如沒有紅燈，人生的秩序將亂成一團，也可能讓人迷失了方向，所以紅燈雖得花時間去停，但也提供了可以改變的一個契機。

作者句句說的都是哲理也是我們處事的方針，如買得到是擁有的快樂；買不到的是失去的豁達。要有好觀念才能幸福。人生總是福禍相依，要不因得福而竊喜；不因處禍而失心。人性最大的榮耀就是發揮光明面，點亮自己，照亮別人。做一個有覺知的人，作者說：五十知天命，做不到沒關係，但要知興替。谷底要學習，高峰要謙卑，知興替才有浴火重生的可能。

作者做人與做事會這麼成功，因他都把人擺在第一位，廣結善緣，而他又是這麼眞誠的在與人典當自己內在的一顆心，所以我們要以作者做爲學習的對象，一次上了當，又算得了什麼，我們要長大、要成熟，總是要經過幾次的上當，才能讓我們越磨越亮，然後照亮了自己，也照亮了別人，何樂而不爲呢！

當幸運來敲門／范湲譯（圓神出版）

看著朋友上的臉書，分享《當幸運來敲門》這本書時，才知他們這一路走來的成長與轉變就是來自這本書，到底是什麼魔力讓他們在體系上或讀書會、音樂會等的名字都取名爲幸運草，不禁也引起我興趣來，想看個究竟。

果然在 2004 年就發行的這本書，如今持續暢銷已有96刷的銷售量了，可見人們是如此渴望幸運天天都降臨，書中開始兩個老朋友50多年不見，重逢時一位名叫維克多發展的很順利，另一位大衛的總嘆息著倒楣的事都在他身上，讓大衛覺得維克多運氣特別好，於是維克多就跟他分享小故事來詮釋運氣和幸運的差別。

故事開始在遙遠的國度裡一位叫梅爾林的巫師向境內所有的武士宣布：在歡樂的叢林裡，七天內會長出四葉神奇的幸運草，誰能在7天內找到它，它就會帶給你無窮無盡的魔力，在任何方面都會無往不利。

因歡樂的叢林要翻越12座山才會到，很多的武士都放棄了，最後只剩黑、白兩位武士前往尋找，黑、白武士整整利用了兩天的時間才翻越了12座山到了歡樂的叢林，於是兩人就分道揚鑣各自來尋找四葉神奇的幸運草。

因歡樂的叢林是有上萬公頃的土地，一大片龐雜濃密的樹林，黑武士尋找的同時尋問過土地神、湖泊仙女、叢林天后、石頭娘娘，問是否有看過四葉神奇的幸運草，他們給的答案都是否定的，最後還被巫婆洗腦，請他快回城裡殺了說謊的梅爾林巫師，說幸運草就在城堡的花園裡，直到黑武士覺悟，因自己的短視近利，錯失了夢寐以求的四葉神奇的幸運草，落寞的走了。

而白武士尋找四葉神奇的幸運草的尋問對象也都跟黑武士一樣，他們給的答案也是否定的，但白武士不放棄，反而想辦法去開墾一塊土地，請湖泊姐姐幫忙而鑿出一條水溝來灌溉土地，又請教叢林天后，知道幸運草需要等量的日曬和陰涼才會長得好，也請教石頭娘娘得知，四葉神奇的幸運草是需要完全找不到石子的土地上才會發芽。

因經過土地神、湖泊仙女、叢林天后、石頭娘娘的指點，讓白武士每天都有不錯的進展，從努力的耕耘灌溉土地、修剪樹枝到撿掉石子，這樣的踏實讓內心也很平靜，甚至不受巫婆謊言的誘惑，堅持自己的信念，相信自己所做的事，全心投入，隔天看到風神撒下一粒粒的四葉神奇的幸運草的種子，因種子落在歡樂的叢林裡的每個角落，只有白武士那塊有開墾的土地，才能讓種子有萌芽的機會，其它落在的角落，因都是一大片龐雜濃密的樹林，即使是種子落下了，也毫無生機！

結果白武士就真的在七天就擁有也找到了神奇的幸運草，也讓他好運源源不絕。是黑武士注定不幸運嗎？而白武士天生幸運嗎？故事的結局，我們和書中的大衛應都知道～既然創造幸運就是創造環境，那麼，幸運是否降臨完全取決於你。從現在起，你也可以創造屬於你自己的好運。

所以運氣是一時的，好運不是從天而降或求來的，它必須是自己努力創造而來。

當好運來之，幸運當然就來敲門囉！

自慢7：人生國學讀本／何飛鵬的書（閱讀心得）

記得接觸國學的時光，是在校求學時，那時或因考試或年紀小，完全無法欣賞中國國學經典之美，無論是論語、世說新語、詩、詞、戲曲等等都錯過了，但作者的自慢絕活，竟是在國學的天地，領悟了它的可貴與價值，讓我不由得心也嚮往之了。

作者從國學中，看到人生的境界與做人處事的道理，經作者把他最愛的國學經典裡的文言文介紹給讀者，再加上作者的用心詮釋與體會，每一篇就像好友在分享故事與生活感受，心很快就能融入也豁然開朗。

如作者分享「蝜蝂之行，登高墜危」（出自柳宗元），追求名利，爬得愈高也會摔得愈重。如果怠惰上身，想想「肉腐出蟲，魚枯生蠹」的道理（出自荀子），做人如能「乘興而行，盡興而返，何必見戴」（出自《世說新語》），這樣的率眞活出眞性情，生活一定很開心。

我願我的心，「此心安處是吾鄉」出自蘇軾，也願「明鏡止水，唯止能止眾止」（出自莊子），唯有心不亂了，才能痛定思痛，找到缺失在那裡，在「上床與鞋履相別」（出自馬致遠），更能珍惜身邊一切的可貴，如能瀟灑而過，當然「也無風雨也無晴」，也更能體會「長恨此身非我有，何時忘卻營營」的感受（出自蘇軾），時時想想古人的情境與情懷，必定也會有遠志與小草的胸襟。

看著作者分享他愛的詩、詞、曲等，心也變得浪漫起來，尤其讀到「眾裡尋他百度，驀然回首，那人卻在，燈火闌珊處」（出自辛棄疾）、「執子之手，與子偕老」、「知我者，謂我心憂；不知我者，謂我何求」（出自《詩經》）、「對酒當歌，人生幾何」（出自曹操《短歌行》）、「人生得意須盡歡，莫使金樽空對月，天生我材必有用，千金散盡還復來」、「棄我去者，昨日之日不可留；亂我心者，今日之日多煩憂」、「抽刀斷水水更流，舉杯消愁愁更愁」（出自李白），「酒入愁腸，化作相思淚」出自范仲淹等等，讓我也沉浸在這美麗又感懷的國學天地裡。

原來國學中也深藏許多學問，如《菜根譚》裡的「交友須帶三分俠氣，作人要存一點素心」、孔子說的「不忮不求，何用不臧」，的確能做到不嫉妒不貪求，那做什麼都會快活、諸葛亮的「淫慢則不能勵精，險躁則不能治性」，所以怎能不好好修持自己的品行來生活呢？

朋友您看到國學之美的境界嗎？它值得您靜靜品味的閱讀喔！推薦作者何飛鵬社長精心爲讀者分享他的國學讀本，裡頭有好多精美的古文、詩、詞、曲等，閱讀其中會讓我們找到國學中帶來的意義與智慧，心也被洗滌了一番，清新了起來。

職場這麼活／馬克的書

自從知道有了馬克的繪圖文字書後，就愛上了，他把上班族的心聲，詮釋的淋漓盡致，所有的苦水與苦悶，都逃不過他的眼裡，幸好有了馬克，藉由他生動繪畫的人物與文字，讓上班者找到了解放的窗口與生存打拼的勇氣。

這本書《職場這麼活》是他的第七本職場圖文書，分五個單元來帶領我們看看上班族各行各業的生存絕活之道。

其一：有苦難言討生活～把上班族的苦衷，一網打盡的介紹給大家，原來苦水每人都有，大家就一起品嚐各種的酸甜苦辣吧！

其二：一刻不停人情活～敘述關於辦公室的八卦、戀情，如何去預防與避免，公司尾牙的情況，把優缺點的情境，分析的一針見血。

其三：有家難歸不快活～道盡上班族的委屈，把加班沒能準時回家的慘狀，看了也讓人們心也戚戚焉。

其四：表達情意技術活～使職場人知道如何融入同事間的話題，並介紹公司在會議的演變過程，分析職場社交的活動情況，讓身爲職場者更明瞭應對進退的拿捏。

其五：苦中作樂做絕活～藉林書豪的發表文，教上班族的10件事，藉此也來分享：

1. 就算沒人相信，你仍要相信自己。
2. 當機會來臨時，把握它。
3. 家人永遠是你的支柱，請予以回報。
4. 找到一個能讓你發揮的體系。
5. 別忽視現在可能就在你隊上的好手。
6. 人們愛的是你的本質，別試著成爲某某人。
7. 保持謙虛。
8. 讓你身邊的人看起來也很棒，他們會永遠愛你。
9. 別忘了幸運和命運在你生命中的重要性。
10. 全力以赴。

這10點眞是句句經典，值得給自己時時加油與叮嚀，馬克也鼓勵在職場的人們，凡事往好處想、忘記背後，努力向前、不抱怨，是創造工作幸福的不二法門。

謝謝馬克，讓上班族有這般快活的解放天地，我想職場能活得漂亮精彩，無論處在何時，都能通暢快活在人間。

人生的八個關鍵字／朴雄賢的書／葉雨純譯

看著書名時，就引起我的興趣，於是也成了我今年購書的第一本，看完眞的不失所望，讓心靈很豐足。

它是本韓國知名廣告人寫的書，看他寫著對人生的建言，放在台灣也很貼切，原來我們和韓國人的習性也很雷同呢？

書中藉由八堂課，說人生的八個關鍵字是：自尊、本質、經典、見、現在、權威、溝通、人生。

自尊～是尊重自我，了解到自己的重要性，強調懂得尊重自己也是生活幸福的基礎，你就是你，不用想跟別人一樣，做自己就好。

本質～什麼都變了，但也什麼都沒變。人也一樣，有許多雷同的地方，他認爲這就是本質，比如自己的初心，念書的本質是充實自己，本質是由自己判斷的，什麼才是對自己有幫助，學會捨棄，也要有自己的堅持與固執，仔細想想，跟著心走，看看自己現在離本質是遠還是近呢？

經典～請對經典產生好奇，透過書本或是其他任何方式去發現、去了解，人生不要置經典於身外，它能讓你的人生變得更豐富、讓你更懂得享受人生。

見～「見」，可以帶來不凡的力量，只專注自己眼前的事物、自己的行動，不會因此而創意源源不絕。關注周遭的事物很重要，開會時出現的某句話、朋友間的對話、甚至擦身而過的路人樣貌，不要只是視聽，要見聞。說得眞好，不是嗎？有看見具有不凡力量的人嗎？願我們能耐著性子慢慢觀察吧！

現在～抓住瞬間，把握現在。每個瞬間都要盡自己最大的努力做到最好，別人的答案無法成爲自己的答案，沒有所謂完美的選擇，只有選擇後把它轉變爲正確的過程。作者說學習狗狗的生活模式，說狗在吃飯時不會後悔昨天玩遊戲輸了，睡覺就專心睡覺，迎接主人也不會想尾巴搖得夠不夠，玩球時就是牠的全部，做每件事專注而完整。所以狗狗是專注的活在當下，不禁也讓我看看家裡的狗狗，原來牠就是答案。

權威～想要讓人生過得更精彩，就要遇強則強，遇弱則弱，面對強者要抬頭挺胸，面對弱者要低頭，外在的權威要先經過自己內心的批准，沒有通過絕不能無條件服從。我們太過輕易屈服於這個社會建立的權威意識，不要被這樣的權威給矇騙了。其中有說到權威是發自內心而不是用說的，是別人受到你的人格感化後由衷感受到的，絕非靠外在影響就能建立。這是多大的智慧的體驗過程啊！如這樣就不會有權力讓人腐敗的感嘆。

溝通～溝通最重要的一點就是承認彼此的不同，接著就是考慮對方的立場，同樣的話在不同的地方會有不同的解讀，所以跟不同空間的人對話時要懂得設身處地。良好的溝通必須要先釐清對方的立場，先弄懂對方在想什麼，整理自己的思緒同時掌握文脈。用智慧將想法設計後再說出口，話中才能裝載力量，讓溝通很成功。原來溝通就是要有一顆理解的心與跟人貼近的心，想想自己和人的關係好嗎？就可看出溝通的功力囉！

人生~人生是個裝滿自尊、本質、經典、見、現在、權威、溝通這些新鮮材料的美麗的器皿，我們必須敬畏人生這個美麗名詞，因爲只要充分了解這個名詞，就足以精彩的過活。人生不要只關注在自己的心上要懂得把好球拓寬。作者要我們誠實度過每天的總和就是人生。也說了人生三祕訣~ 1. 人生沒有白吃的午餐。2. 人生是場馬拉松，我們隨時都可能會贏，也隨時可能會輸。3. 人生沒有正確解答，只有轉化成正解的過程而已，試著將自己站的地方轉換成幸福的空間。

最後還是把作者的總結也告訴大家，尊重自己，對經典保有好奇，追求本質，挑戰權威，賦予現在價值，看得更深，更有智慧的溝通，用這樣的方式邁步在只屬於自己的人生道路。我想人生會過得很有意義吧！

這是多大的領悟才會有這八個關鍵字，想想自己的人生還需在那個關鍵要再努力加強的，看到不足也才會有進步的空間，也相信這八個關鍵字能讓我們的人生過得更踏實與精進。

三十三堂札記／奚淞的書

自惠宜贈此書剛好已滿三星期，想作者以三十三個月的時間，每月畫一副觀音寫篇札記，記錄點點滴滴，無論從工作、觀天說地、甚至落實在生活中的佛理修爲，也讓作者悟出：寬容自己、也寬容他人；自己得自在，也讓他人得自在吧！

作者說：「三」代表多，三十三表示很多很多，那我三星期的品嘗也多了不少的省思與收穫。記得朋友跟我分享過，說我喜歡閱讀，她建議我讀佛的書，說佛裡的知識很廣，不輸我讀的閒書喔！閱讀作者的札記後，更能體會朋友說的佛的智慧，因作者每天都能觀看觀音、畫觀音時，悟出許多眞理，還無止盡。

每天幾則札記、像觀菩薩也讀自己，知道人人心中都有一朵蓮花，看著花開也是一種美，有篇文寫道：甜與渣、，一位畫家朋友分享吃甘蔗甜的滋味，甜汁流進我肚子，甘蔗渣吐了出來，而蔗渣，對沒吃過甘蔗的人，不過就只是蔗渣而已，但蔗渣才是體驗過後的結果，在平衡裡，悟出有苦，總是沒找到平衡罷了，從深刻的自心體驗出發，一定可找或捉摸到合宜的平衡點。也發現我缺乏的是專注，常常會被煩事干擾，而不專心，連書有時貪快讀，而沒細細品味，很多事眞是欲速則不達，文中弘一與廣欽高僧的對話，一個說悲欣交集、一個卻說無事，把人生的事可變濃、可化淡；可要緊、可無所謂，對話中的反差，體驗活著的種種滋味。閱讀「河」一文，看見一條河從明到黑，就看見人的心從簡變貪，要澄清一切，似乎更遠更難了，只能從管好自己做起了。

一直都喜歡閱讀札記同日記一樣，很貼近生活，札記中篇篇都有智慧與啓發，也了解到悲智雙修，的確是大智慧，做不好，同情成濫情；慈悲生禍害，怎能輕忽？願也能活出阿含經中佛說的「樂受不放逸，苦觸不增憂」的境界，也謝謝惠宜的贈的好書，有空還是會拿起《三十三堂札記》再重溫一遍，隨時充滿法喜帶來的自在與溫暖。

【隱地篇】

第一次寫信給作家的是隱地先生；

第一次收到作家給我的信是隱地先生；

第一次收到作家的簽名書是隱地先生；

第一次與作家面對面是隱地先生；

第一次收到作家的贈書也是隱地先生。

哇！還第一次與隱地一同吃飯、一同合照，所以了解我朋友的，都會知道隱地是我的偶像，我是他的粉絲。喜歡閱讀，總認為是想追隨您的腳步，但讀著讀著竟也變成習慣與樂趣了。

有一天，因突然發現我書越買越多，而閱讀的書籍都是別作者的著作，您的書都擺放在書架上，覺得離您越來越遠，那時就在心裡跟自己說：如妳要讀別人的書，但偶爾也是要再重讀隱地先生的書。果真，這陣子總是這樣交叉完成我的閱讀功課，心也舒坦多了。

加上跟自己說：如能就寫寫閱讀心得，讓自己有更深刻的體會，將來回頭再回味時，至少還有痕跡可證明，閱讀帶來的收穫與成長。

今年隱地已80歲了，完成了「年代五書」，把50年代到90年代的文學大事，一一整理出來，從事出版事業也是作家的他，至今自己的著作已出快60本了，一輩子把文學當成了信仰，天天與書為伍的歲月，很佩服他的毅力與精神，他永遠都樂在其中呢！

書中也收錄幾篇閱讀心得，也許寫得不夠深入，但當下寫出的心，至少讓我更貼近與更了解作者的心，這就足夠了，我願一有時間再重溫隱地的書，時時不忘初衷，找回閱讀帶來的美好，分享給大家，希望您們也喜歡隱地先生的書。

作家與我

喜歡閱讀是習慣的養成，無論心情的好壞都需要它，就像每天都要吃飯一樣，難怪我喜愛的作家這麼形容，人要有兩種成長，就是吃飯和閱讀，人吃食物才能維持生命；閱讀能充實我們的智力和思考力，一直都很認同呢！

雖然喜愛的作家有很多很多，但要從家鄉挑出一位，竟讓我慌了不知如何回應，拿出今年台中市政府文化局爲台中市作家編的《我的初書時代》一書，內容有台中市40位作家的介紹，卻個個都很陌生，不禁汗顏起來了，腦海只浮現我最敬愛的作家~隱地先生。

認識隱地先生是從閱讀他寫的《心的掙扎》那本書開始，國三時在同學家，不經意的看見這本小品，隨手拿來翻翻，讀來句句都深入我心，從此後隱地的名字，就深藏在腦海裡，不曾忘記。

在那之後無論是在書店或是圖書館，只要看到就買下或借書來看，直到現在網路購書的方便，在爾雅購書後，把隱地先生的作品都買全了，甚至還附上作家的簽名，收到書時的喜悅，想起那畫面，還很陶醉呢！

當然也是讀著讀著才知他是爾雅創辦人，是出版家也是作家，尤其看到近年來書店一間間關門，而書的銷售量也下滑，買書的不景氣，雖然苦、雖然失落，也沒能擊倒他，仍堅持每年都出版10到12本的文學書，反而他說：「當初景氣好時，爾雅讓他買了房子，如今他也可以爲了爾雅出版社賣了房子」，聽到的當下，讓我好感動，他的精神與對文學的熱愛，也感染了我，讓我更加尊敬並欣賞他。

無論作文題目或朋友問我，最喜歡的作家或故鄉的作家是誰？毫不考慮就是隱地先生。我可是他的忠實讀者加粉絲，從他第一本書到最新出版的《回到70年代》都有收藏呢！連同他的老婆貴眞老師、他的恩師王鼎鈞先生也一併喜歡呢！眞是愛屋及烏，可見喜愛文學及作家的感染力，讓我越來越開闊。

想想對喜愛作家的發酵還沒有停止呢！才會讓我有因緣上了文學課，無論是石德華老師的散文，她的感性細膩的文字，處處都覺得文學眞美，或上陳憲仁老師的文學課，都好喜歡，尤其看到老師對三毛作品的收藏、對作家手稿的收藏與對文學教育的奉獻，更爲感動，我想只要還活著對喜愛文學、喜愛作家的心它會一直持續著，突然想起三年前的有一天腦海浮現我對文學產生的生活觀寫下：

我的文學夢
讓我心不老
生活不會悶

靈感思緒多

挖掘作家樂

此生用不盡。

至今依然還保持著，願把喜愛文學、喜愛作家的熱誠當成是我一輩子的功課，生活應很美很富足吧！

認識爾雅

每次收到我最愛的作家——隱地的簽名書及新書，竟不吃飯不喝茶也精神特好，就像朋友說的吃仙桃書香就吃很飽了。

接觸爾雅，是從他們的爾雅典藏館購書開始的，剛開始喜歡隱地先生的人生小品，慢慢連他的散文、小說、詩、日記的生活記錄也都愛，記得曾經問作者，最喜歡自己的哪一本書，雖然作者笑而不答，但事後我發現我問錯了，他的著作應該每本都很喜歡，它們就像自己的子女一樣，都是寶貴的。

購買他們的書，總讓我看不到功利，看到的是他們對買書人的熱愛與疼惜，總是讓讀者還沒付上一毛錢，就把書寄送到府上了，自己先貼了郵資，也不怕買書的人不買單，有時還會贈書或是收到作者親自簽名的書，種種的舉動看在我眼裡，既感動又感恩，所以爾雅出版的書，深植我心，也願大家都愛爾雅書，讓爾雅走入您的生活，體會文學帶來的充足與喜悅。

快樂的讀書人／隱地的書

重讀作家隱地先生64年發表的著作《快樂的讀書人》一書，更能體會他愛書如癡的個性，從讀者變成作家又當了編書人，種種的歷程和磨練，即使那期間看到了文學的蕭條、盜版的猖獗氾濫，還是堅持自己對書的熱誠，做了出版家。

看了他一路以書爲伍打拼的日子，從無到有，讓我看到作家的堅持與努力，也感染了他對書熱誠的心，他說快樂的讀書人，永遠有自己愛讀的書。

如今隱地先生不但是快樂的讀書人、傑出的作家也是編書人，又是優質的出版家，夢都實現了，這都是他一步一腳印努力耕耘得來的，四十年前他的擔憂，放在現在有的問題仍然有，如文學的蕭條，買書的人少，不禁的也想跟作者一樣，喚醒還在苦惱憂鬱的人們，不妨去親近書吧！書在生活中，就像鹽之於菜、糖之於咖啡，沒有書，生活就淡然無味了，讀書是一種享受，選擇有意義、有價值的書，讀過之後眞有洗滌心靈的功效，可提昇自己的人生境界，也會更有力量來面對我們的人生，讓我們一起也來當個快樂的讀書人吧！

現代人生／隱地的書

看著作者以往的作品，溫馨、勵志又貼近人心的生活感觸，讓人會心一笑，也更能坦然來面對活著的每一天，品嚐現代人生的各種酸甜苦辣。

30～40年前的小品，放至現今，發現很多的觀點都沒落沒，反而成了很勵志的生活觀，原來對的至理名言，無論何時都不會退流行喔！

現代人已懶得寫信，也變得不愛打電話聊天，因已被網路、Line、臉書佔領我們的生活，而回家難的狀況，自有了高鐵、捷運後，已便利多了，反而現代人不那麼想早點回家，總是東逛一下、西逛一下才回家，或忙得忘了時間回家了，尤其是在外地工作或求學的人們，回家難是他們的心聲，就等著過年來團聚吧！

這些年來，從食衣住行育樂，甚至在感情的世界裡都帶來很大的轉變，但我始終相信好的源頭必然會留著，壞的源頭一定會不長久，生活在現代人生的人們，怎能不警惕呢？

現代人生，無論歲月如何轉動，都必須經歷生老病死，從無到有，或從有到無的人生，其中的滋味每人感受不同，但好的思想與人生觀是可以建立一起來擁有的，讓我們有所爲有所不爲，有顆不貪自制的心，量力而爲，適可而止。學著散播愛的種子，當別人的貴人也當自己的貴人，時時把快樂、愛、善意傳出，讓現代人生過得精彩而無缺憾。

歐遊隨筆／隱地的書

作者在近40歲時，因哥哥知道他是寫文章的人，應該要到國外走走，於是就贊助他歐洲一遊的旅費，費用是二十萬遊36天，在民國60年時，這筆錢是可以買一棟房子了。

哥哥的情誼濃厚感人，當然這趟旅行也幫作者在寫作的路上，成長很多，看著書的同時不停在想，作者的文學修養這麼深厚，他的哥哥實在功不可沒，也才會有這本《歐遊隨筆》此書的誕生。

看著作家的歐遊隨筆，發現歐洲是人文、藝術、浪漫的好地方，知道他們的土地相連，一國到另一國，一部公車就可以遨遊十多個國家，眞是很方便。

書中寫雅典人熱愛音樂、戲劇、文學和櫥窗設計的考究、西班牙的鬥牛、巴黎的藝術、尼斯的海灘和商店、蒙地卡羅的賭城、羅馬靠祖先的遺產過日子、翡冷翠的美術館、水鄉的威尼斯、盧什內草的天堂、德國是復興的里程碑、荷蘭是一望無際的大草原等，其實可以藉由作者的描寫，當親自到那時在體會一番，一定會有雙重的收穫。

看著他寫歐洲人的休閒活動是~喝咖啡、晒太陽、談情說愛，眞的好浪漫，心也嚮往之了。

東西兩方人文風情的差異，無論在食衣住行育樂方面，或在品行及生活習慣上也大大的不同，三十多年的歐洲之行到現在，很多的情境都在改變，如兩德已經統一了，而我們也效法了他們多種的風尚與藝術的生活哲學，如每個人能在旅遊歐洲之時，都能先讀上這本書，回味以前、看看現在，一定能幫旅遊之行加分的。

如西方人是小費主義者、商家賣東西時他們不喜歡消費者懷疑他，誠實不欺騙是他們的原則，歐洲人吃的食物也以清淡生食的居多、去餐廳享用時，討厭客人嫌他們東西難吃，去商店買東西也會講究先後順序，插隊的行爲也是他們不容許的。

當然每個地方的風情都會不一樣，除了環境地理、文化的不同外，如我們能在欣賞之餘，學他們的優點，改善我們的缺點，像在吃的美食上，台灣就豐富美味很多，但我們愛丟垃圾常不守秩序的行爲就要改進，要想如出國了，就是代表台灣，所以一點都不可馬虎，出國旅行如也來做做筆記與感受，相信旅遊的品味也會有所提昇。

希望讓遊客遊台灣時，或去國外看到我們台灣人光臨時，雙方都能留下好印象，除了本身功課要做之外，做旅行社的導遊也是相當重要的角色喔！

我的書名就叫書／隱地的書

一本有趣與書對話的書，原本取名「書」，或朋友建議的「書話」或「書的生老病死」或「這就叫做書」或「書緣」，突然作者靈感一來「我的書名就叫書」，於是就以此爲名了。

作者強調人活著要有兩種成長的人生，一是吃飯的人生，是爲了維持生命補充體力；二是閱讀的人生，它是增加智力和思考力最佳的方法。所以他說吃和讀，應同屬消耗性的開支，是我們生活中不能缺少的。

書中以書當爲主角來詮釋它扮演書的各種形態與心聲，從一本書的誕生開始道來，由構思、創作、編輯、排版、校對、印刷、裝訂，到成爲我們的精神食糧，跟一粒米從農夫辛苦培植、灌溉、收割一樣，得來不易。

作者說書是人生的錦囊，也希望書店能跟鞋店一樣，可以美侖美奐、多采多姿呈現在讀者眼前，他甚至更認爲書店比鞋店更需要設計，爲「足下」服務，是一種情況，爲「頭腦」服務，又是一種境界。這是作者三十多年的想法，不得不佩服他的獨到觀點，也難怪作者愛書的嗜好，總是吸引我也影響著我。

說到書的心聲，以愛書、作書、寫書的人一定有很多的話要說，也佩服作者把書的各種意境，用與跟人對話的方式呈現出來，如看到一篇篇故事，高潮迭起、酸甜苦辣盡在其中，值得一一去體會。大意如下：

讀書～讀書的美妙，對沒這習慣的人，是無法理解的。

送書～是一門學問，如能送打內心深處感又能產生共鳴的書，就是美德一件。

借書～總是有人是喜歡買書的人、有人就永遠只是借書的人，當借書的人提醒愛買書的人是；眞正看書的人，是我們這些借書的人，而不是你們這些買書的人！才讓人大吃一驚呢！

賣書～寫書比看書痛苦，賣書比寫書更痛苦。其中滋味只有賣書的人體會最深。要賺錢哪一行業是不辛苦的呢！

偷書～賣書本就是錢賺不多的生意，遇上偷書賊，還眞無可奈何。

搬書～作搬書這行的，當然希望把書搬到書店去賣而不是搬到倉庫裡。

出書～作家出書和出版家出書的立場難免跟是不是暢銷書有關。

印書～一本讀了使人心靈充實的是好書，一本讀了使人行爲墮落的是壞書，但印刷業者只要送上銀子，無論好壞的書就是不停的印刷。又能如何呢！

發書～新書上市，出版社就會主動發書，當然是希望發出去的書就不會被退回來。

缺書～缺書還要在版嗎？也是一種現實的考量。

退書~書賣不好被退了回來，出版社大多以「回頭書」便宜賣。

存書~出版社辦到後來，現金都變成了書，一倉庫的書，如能都清空來換錢，該多好呢！

切書~書的尺寸有一定的規格，有的賣不好被退回來已退色變舊了，於是在整容經過裁切的書。

丟書~滿屋子的書，也要有捨得丟書的胸襟。

我想以作者以書爲伍的歲月裡，再來寫書種種的甘苦談，一定還可再寫上續集，說也說不完呢！

傘上傘下／隱地的書

一本作者25、26歲時出版的書，也是我25、26歲時買的書。是本短篇的愛情小說，從小說的情節裡，看到年輕時對愛情的渴望、理想的追求、前途的徬徨，讓人不禁也回到年少時的年紀，原來年輕就是這般，每個人都是這樣摸索出來的啊！

書中有31篇小說，大多描寫年少時光的初戀、聯考、家庭、友誼間的故事，那時沒有網路、手機，那種單純的年代現在回味起來，也成了最美好的回憶。

分享看完故事的小小心得～

「天倫淚」～看到少年時的愁滋味，那時認爲的慘，如不及時點破和打醒，將會一輩子低迷，幸好還有媽咪和妹妹的愛，才找到人生奮鬥努力的目標。

「傘上傘下」～傘上，滴了斷了的珍珠；傘下，編了綺麗的人生，等雨停了，再鼓起勇氣、努力向前吧！

「遲」～遲裡的愛，愁悵又失落，會過去的，愛情難免會走上一回，也唯有祝福對方，讓愛的力量昇華。

「殘破的玫瑰」～男女對愛的想望不一樣，一時的理所當然，到最後的想望破滅，對心的打擊將永遠存在，所以愛要明說，不愛也要明說。

「彼岸」～過著惡又善又惡又回到善的生活，回憶起來，也因這叛逆的性格，讓人生充滿著神奇，能在惡的本性轉變成善的，這過程及體驗是無價與美好的。從一顆徬徨不知如何是好的心，變得更能認定要走的方向了。

「摯友情深」～兩人互相坦白深愛的人，竟是同一個人，能夠摯友情深，還惺惺相惜的，都是苦戀的單相思。

「榜上」～榜上的心情，也是成長必徑之路，看待輸贏，要釋懷也需領悟其中的道理。

「怕鬼的人」～似乎是兒時的一種回憶，雖膽小些，但可看出本性善良單純的一面。

「水與泥巴」～比喻男人與女人是分不開的，但必須要調和才行，不然被水淹著或成乾泥巴，就發揮不了作用了。

「婚姻」～受家庭的影響，也是考驗及成長的過程。

「九滴眼淚」～愛的離別，如彼此不約定，未來的確是有一條好長的路要走，也許就從此過著各自的人生。

「選擇」～選擇過了，才知道其中的辛酸，人也是不斷的選擇造就不同的人生風貌。

「五線譜」～五線譜的感情，是年少時情竇初開的寫照，初戀、暗戀，不懂主動又不會拒絕，幸好有筆友的鼓勵與交流，直到筆友不幸車禍去世，對他身旁的女友，也多了關懷，不自主陷入了情網，才發現有的愛是替代不了的，同時也領悟許多。

「昨夜夢魂中」～夢裡友誼聚集的畫面，醒來體會生死離別的聚散無常。

「生日」～是省思生命最好的契機，當然每長大一歲，都要有進步才好啊！

「最後一封信」～有時愛情失去了也不知爲什麼，但也因爲這樣，才能在愛情的路上學會如何去愛。

「情」～三人行，必有我師，友誼之情是很可貴的。

看完似乎也把年少徬徨的無助，帶著我又經歷一遍，心也嚮往著青春眞好，但也因有了這一段的青春，才能讓我們的人生，走得沈穩又踏實，也更能坦然面對人生未走完的路。

幻想的男子／隱地的書

一本27篇的短篇小說集，作者在55年就發表的文章，故事大多都是寫三十歲之前的生活寫照，年少時總是苦悶、消沈的心情居多，閱讀其中心情也感傷起來，年輕應是充滿快樂的時光，但有些時候又跟自己過不去，嘆息著自己的寂寞無人了解，等有一天回想過去，就如作者說的，「每一個人都曾純眞過，而終於像青春一樣挽留不住」。

能了解作者這般的感嘆，才會有青春時光一篇又一篇的小說誕生，裡頭可以看到作者年輕時的影子，難怪王鼎鈞作家說：隱地的文章，寫出人生給他的眞正感受，他對讀者開放了他的世界，也暴露了內心，也贏得了讀者的心，他對讀者推心置腹，讀者也對他知心會心。眞是說準了呢！

雖然小說的故事，很多都是寫男子在未成家之前，還沒有經濟基礎又對愛情充滿嚮往與想像，而產生心的愁苦與掙扎，我想不管過了幾年，愛情的追求與故事，永遠都存在，看小說等於看到人生的縮影，有人說現在的年輕人承受不住愛情的挫折，建議社會需要成立愛情部來解答疑惑，才不會發生情殺或想不開的事件，但發現我們爲情所困時，閱讀小說也是很好的抒壓，甚至還可在閱讀其中得到啓發。

生活的當下也需要偶爾放空或幻想一下，也許就能從中找到自己的困惑，也更有勇氣來面對自己。

碎心簷／隱地的書

是本短篇的愛情小說，看著書名就知道是浪漫又無法有完美結局的故事。

愛情之所以美，是因爲它的浪漫，對它的眷戀產生一時你我彼此間只看到彼此，你濃我濃的境界，不知讓多少人陶醉在愛裡而無法自不拔。

年輕時的戀愛，很多都是無法一起和戀人走到最後，因誤會或任性或因多種原因而導致分離，最後只留下無限的遺憾與感傷，但也因愛過了，生命也茁壯了。

作者說：「愛情使人年輕也使人蒼老。」是啊！但愛情也使我們更認識了自己，也更懂得如何去愛。

分享三篇小說讀後的筆記：

刻骨情～原本就要幸福廝守了，卻因男方爲了打拼事業，給將來結婚後做後盾，訂婚後一時沒把心思放在回信給女方，而造成誤解與不愉快，於是新娘另嫁他人，就成了要後悔也來不及的刻骨情了。

碎心簷～愛情來了總是不經意，但失去了有時也會猜不透，只好接受，鼓勵自己，努力向前。

天若有情天亦老～一段浪漫淒美的愛情故事，一女二男的三角習題的糾結，而後男女誤會的產生，因女主角不幸車禍逝世，只能留下遺憾與無限感傷了。

所以愛情總是這樣，讓人歡喜讓人憂，走過年輕，愛情似乎是年輕時最重要的事，但也因現實生活的磨練後，會慢慢知道愛其實不用這麼累，如能學會愛他也會愛自己，讓心胸開闊，彼此也會更舒服的坦然以對，陪伴彼此來分享生活的一切，彼此心踏實了也就快樂了。

出版心事／隱地的書

翻開18年前的閱讀筆記，寫著原來出一本書，是那麼費事，由著作權，版權，轉載權的問題，都要清楚，不然麻煩可大了。

一個出版社的經營，是即須負好大的心血才能辦得成功，當然要有隱地先生這種創業精神，才能鞏固該有的文學價值。

畢竟有心人已不多了，一般的出版社隨著大眾喜歡的風格，大夥兒一窩風出一個調調同一類型的書，造成熱門的熱門，冷落的冷落，無法給文學的風氣提昇，當然這也須讀者們用心的閱讀才能了解其一的。

可見作者的出版心事到今天，依然還可看見，我想有心事才會有更深刻的投入，才能讓好書，一本本的誕生，呈現在讀者眼前，所以身為讀者的我們能讀到好書，眞是要感恩啊！

兩岸／隱地、林貴真合著的書

乍看書名會以爲是本大陸與台灣兩岸探討的書，但不是喔！它是本夫妻愛的結晶，透過男女觀點的結合，內容生活化又貼切，也更了解作者夫妻間的相處之道。

其一相看的對話篇，女方說：人家說男人像沙子，用手是抓不住的，你必須要用手捧著。男方說：我喜歡走出廚房的女人，女人要風姿萬千，就不能定於一。

是啊！只要世間有男女，對話總是不間斷，生活也因對話的多寡、對話的頻率而看出雙方的感情好嗎？

其二攜手夫妻篇，再次重溫作者隱地寫的一對小夫妻，把他們夫妻的故事透過小說來寫成，從他們認識、交往、結婚、生子，對他們來說都是歷程、轉變與成長，生活有苦也有樂，慶幸的是當他們發現了問題，知道反省然後再和對方溝通，感情也更濃、更上一層樓了，如果世間的夫妻都能如此，一定可恩愛一輩子。

老婆用風來形容老公，眞是貼切。人說愛是像霧像雨又像風，但老公是風，風還能一路春風常伴，才是不簡單呢？老公用湖來形容老婆，因湖水的平靜、安詳才能讓他的風吹得溫煦、和暖。原來要寧靜乾淨的湖才能制伏風的飄盪，也找到了風的棲身所在，佩服他們夫妻的感情早在30年前就已了解對方、惺惺相惜了。

老婆的情懷篇，寫教育、生活、電影、文學，看到了的老婆善解人意與爲人師表爲學生付出的胸襟；老公的潮水篇，寫成長、感慨交通、他的倒與躺理論很讓人覺醒、說不倒下是做人處世原則，在馬路上走動的人，有誰肯躺下，萬一摔跤了，也會趕快爬起來，這是自尊心，作者是怕活著的人們不要自尊心都不顧，個個都倒了、躺著、臥著、趴著，那站著的人在那裡呢？作者也強調書對主婦的重要性，經常與書爲伍一定會『思想開通、觀念進步』，也能讓婚姻家庭生活帶來祥和與歡樂。

如兩岸代表男女各一方，也是要交流、要溝通才能促進雙方的和諧與進步。看著作者夫妻像風像湖，生活是詩也是散文，有人說夫妻恩愛一生是神話，但在這我看到了，它是可以實現的，只是實現它的同時，問問自己，與對方對話投機嗎？了解對方嗎，相看有兩不厭嗎？願天下的夫妻都能互信、互愛與互諒永不厭倦。

PS.回想拿書與作者見面和簽名時，事後還讓我興奮好久呢！

心的掙扎／隱地的書

《心的掙扎》一書，從年輕伴到現在，也閱讀很多回了，每次感受都不同，也都會有不同的體會。作者說：這本是寫給中年人讀的，此時在重新體驗一番，格外貼切。

它是本作者在40歲時寫的作品，那時已爬到人生之山頂，看了人生全貌，也度過了心靈黑暗期，又看到了陽光，他說此時是他日子最美好的歲月。

人，自懂事之後，心總會有掙扎，從少年、青年、中年、老年，那跑、走、臥、躺都是掙扎的人生。作者的掙扎，放在心裡的有一句話，讓我印象深刻，說：如果人生倒過來，從老人活到嬰兒，是否會美妙些？如同他也說過：晚上洗臉，是一天的結束；早晨洗臉，是一天的開始，洗著、洗著……人就老了！有著對生命老時之愁悵，讓人讀來心也戚戚焉。

如同他說的：老是一種常態，還是一種變態？他的感悟：一個窮人永遠無法和富人成為好朋友，一個閒人永遠無法和忙人成為好朋友。你不設法平衡自己，就會有別人來平衡你。與其使人同情，不如使人羨慕；與其使人羨慕，不如自己內心踏實。「未」是一個多麼美麗的字，它為我們留下了餘地，它也為我們留下了希望。說：少年的時候想逃家／青年的時候想成家／中年的時候想離家／老年的時候想回家。說：人生是連續劇，不是單元劇。經濟環境不一樣，思想觀念就不一樣。到了半百後，才曉得人生原來是一場旅行，不必一直趕路，累了可以坐下來歇歇，享受人生中最難得可貴的一份心安。心安才是人生。

心的掙扎有扎入您的心房了嗎？

當然心的掙扎，人人都會有，你有你的，我有我的，閱讀此書後突然感覺到，幸虧有了《心的掙扎》的滋味，當心產生掙扎時，和自己對個話吧！或寫起來抒發一下，也是會有所領悟與成長的。

人啊人／隱地的書

總是跟自己說，可以閱讀別的書，但偶爾也要再重讀作者的書，因有一天發現了，當書越買越多，反而離我心愛的作者愈遠了，當我抬頭一看，他的書一本本的擺在書架上，要在彼此接近些，得必須拿起他的著作，再重溫一次才行。

此書是人性書之2，用極短的文字，把人啊人寫得淋漓盡致，看得很透徹，人活著那是簡單的事，總會經歷生老病死，經歷自己的愛情或婚姻，有了工作或組織了家庭，活著的插曲，不時與旅行，突來的意外或生氣相伴，想，眞正的修爲，也是在事件發生過後，才能得到成長。

分享作者感嘆人啊人的精彩語句：

⊙人生還有幾種永遠的行走，無非是：從飯廳走到廁所，從廁所走到臥室，從臥室走到客廳，從客廳走到廚房；以及-從生走到死。

⊙愛情是一顆樹，在枯葉沒有掉落之前，不適合增添新綠。

⊙家是另一種廟。廟是經憂患的人修身養性的場所，而家是磨鍊我們意志，培養我們耐性的地方。

⊙沒有磨難的人生，是另一種磨難。

⊙上帝給我們一張臉，我們自己又給自己一張臉。

⊙青年是鳥，能飛就要飛，青年是雲，能飄就要飄，青年是歌，能唱就要唱，青年是舞，能跳就要跳……。

⊙要想享受一種美，常先要忍受生活中種種醜和不耐，中年，剛好是美的收穫季。

⊙人的身體逐漸在老，人的思想不可老。人無法不老，但要設法使自己老得高貴。

⊙抬頭望，浮雲片片；低頭看，落花點點，世間事，一如落花浮雲。

⊙一個人赤裸裸的來，赤裸裸的去，到這個世界走一趟，你說，人生不是旅行嗎？

⊙人並不是吃飽了就沒問題，常常，吃飽之後產生的問題，比只是挨餓受凍的問題還嚴重，複雜。

⊙每一分每一秒，人世永遠在變幻著。每一個自我，也永遠不停的變幻著。成長，是一種變，邁向死亡，是另一種變。

⊙人生只有兩種：攻的人生和守的人生。不懂得如何攻，也不知道如何守，這樣的人，他的人生一場糊塗，也就理所當然。

⊙攻擊性強的人，使人害怕，守不住自己原則的人，使人氣惱。

⊙五十歲以前，我採攻的人生，五十歲以後，我採守的人生。

⊙活出自己的個性，活出自己的人生觀，你就不愧是一個現代人。

⊙有一點藝術修養，有一點氣質，這是爲了自己對自己有些信心，並不是給別人看的，如果眞的那樣，又變成虛僞了。

⊙生命裡的難得可貴，就是生活中的平常。

⊙男人和女人時而歡愛，時而交戰，這就是男女。

⊙有誰說得清男女之事？男女之間是一個永恆之謎！

⊙男女之間總要有一方肯退讓，才有和諧的人生。

⊙一個路人可以成爲枕邊人。枕邊人，也可以成爲路人。

⊙生命是一種輪轉，人在能轉的時候，就必須舞動，當生命像停止的陀螺，才不會後悔沒有看盡這世上的風景，人間的繁華。

所以人啊人，那能寫得完，說得完呢！也眞的只願活著的每一天，都活得開心，充實。

眾生／隱地的書

作者人性三書之3，依舊寫著世間的喜怒哀樂，人活著，只要一顆心還有感，每天都會有新鮮事，每天都會有我們想不到的事發生。

學會應對，或成長，除了認眞過好每一天，作者靠寫，讓自己成了文學家，出版家，從此紙筆不離，寫作成了一輩子的事，說：我寫故我在。

除了寫，讀也是重要的，讀是一種旅，一種智慧之旅，他說：只要肯讀，是有福的，是快樂的旅人，讀，讓我們不虛此生。

喜歡作者寫的小品，總短短的一句，就把人生之感慨，意境，寫到心坎裡了，寫：生是喜，生至少是開始。死是結束，幸虧有死，許多事情才能結束。人要學會清理，整理，講理。除了表面的東西要清理，整理外，人的心靈也要經常清理和整理，一個時時調適自己心靈的人，比較會成爲講理的人。

作者說：看一個人整理的地址簿，是一冊歷史，是一冊友情的歷史本子，這才發現現代人還有誰還認眞寫著親朋好友的地址簿呢！作者說，把愛情投資在一個人身上，冒險；把愛情投資在許多人身上，危險！如果這是兩難，我選冒險。您呢！作者的容易，不容易，說：喜歡一件衣服或喜歡一個朋友容易，不容易的是永久要去喜歡這件衣服或這個朋友。讀到這句話，讓我想起狗狗對主人的忠心是容易的，連不容易做到的永久，牠都做到了。所以人是多變的，才會煩惱不斷，生生不息啊！

作者寫人心：衣服可以不規矩，人要規矩。還是：人不必規矩，衣服要穿得規矩。這時我才發現我做人和穿衣服都是規規矩矩的，難怪生活少了趣味。一句話，我也很喜歡，寫：人和人之間的摩擦，都是根源於看不慣。寫的眞好，原來我們的紛擾來自於：看不慣。等看慣了，順眼了，什麼都迎刃而解了。

《眾生》一書，適合在休息片刻，拿來閱讀一番，也許在一瞬間，讓您也悟出了什麼，而清醒了。在結尾，選出這句做結束，「我們有的，只是刹那。」如活著能在刹那的塵世裡，把我們的生命活出發光發熱，也就不虛此生，活得有價值了。

翻轉的年代／隱地的書

82年出版《翻轉的年代》，作者說：「『亂』是我們這個翻轉年代的特產，人的和諧、敦厚眞的已不見了嗎？在這樣翻轉的年代裡，我們生存的世界，還有沒有桃花源？」。

看看已過22年的今天，似乎「亂」又超越了一層，無論食、衣、住、行、育、樂都已有所改變，人們的心也愈活愈不快樂，星座、風水、心理專家的諮商也因盛行起來，呼籲我們把自己找回來、認回自己的內在小孩，帶我們看見自卑、脆弱、原生家庭帶給我們的影響，當釋懷了學會擁抱自己的不完美，可見翻轉的年代，只要世間有人，它是會不斷的翻轉，也因不斷的翻轉才會找到自己的桃花源。

作者在書中懷念70年代是文學的文藝風，進入80年代後就變成政治掛帥的年代，現在連山林、水、空氣、食安都汙染壞了，在那時的作家幸好我還聽過幾個，如蕭颯、廖輝英、小野、三毛、吳念眞、王鼎鈞、琦君、張曉風等，其餘很多的作家都沒聽過，走到了今天，當然也會有我們這世代的作家產生，但總覺得離70年代那時的文學之風，似乎已遠離了，心似乎也愁悵、懷念起來了。

作者感慨紙之死，說從以稻草爲原料的米黃印書紙，到選用厚重的紙、選月銅版紙，好讓書看起來分量很重，這樣厚重的書，如何能輕鬆的閱讀，一直以來都喜歡爾雅印刷出來的書籍，無論攜帶、閱讀起來都很便利與舒服，一直都記得作者喜歡出版的書，攤開來閱讀它不會自己闔上，看完時再翻至下一頁，作者貼心讀者的舉動與心意都一直感動著我。

多麼想現今的每一本書都能如此，但那似乎已回不來了，如同鉛字印刷廠一樣，有的東西就必須在翻轉的轉動裡，翻轉走了，轉回來的是當書成爲另一種雜誌、或報紙的版面也容不下文學的副刊、年輕時的書店大多已不見了，才眞正叫愛好文學的人失落了，但願文學低迷之後，再翻轉甦醒過來吧！

新世代就要有偶爾快樂的生活哲學，如逝去的已逝去，生活還是一樣在過，喜歡兩個自我的掙扎，這是每個人活著的對話，在你墮落、沈淪、心死時，另一個善良、積極正面的心，就會出來阻止你，喜歡作者說：一個有自我約束力、懂得反省的人，是一個經常會自我掙扎的人，彷彿體內有兩股力在拉扭。人和動物不一樣，就是因爲有兩個自我的掙扎。

翻轉的年代也眞是掙扎的年代，相信也會在新與舊、善與惡、好與壞、進與退的拔河中，留下我們的生命力。

隱地極短篇／隱地的書

一本很生活的書，隨著作者的文章，彷彿也歷經了台北的轉變過程，看著作者在對吃的講究上，更能體會作者的品味與懷舊，喜歡一個人吃飯、一個人坐咖啡館、一個人看電影，知道每一家餐廳、咖啡館、電影院都有著他們的故事和成長史，但也看著餐廳、咖啡館、電影院一家家的關門結束，心情眞是百感交集啊！

閱讀的同時，好想也去品嚐當時的明星咖啡屋、百鄉餐廳、和犁田的自然健康美食呢！幸好作者有寫下來，才讓已消失不見的店，又鮮活了起來。

作者說：生活的眞正趣味必須流動。也因日子每天不停的流動，才能交織豐富的人生。在16種心情裡，更能體會活著的每一天，心情是千變萬化的，今天開心、明天又遇上傷心的事，開心回到家偏又遇上夜襲的小偷，活著每天都有事發生，只能自求多福了，感傷歲月的「蝕」，從年輕變衰老、從愛書到書長了蟲，已至焚書來終結，體會活在當下的重要，讓老的來臨之時，不要都腐蝕了，連心也腐蝕了。

颱風天，閱讀《隱地極短篇》，心情也變得安然、回味起來。尤其對『蝕』這個關鍵字，感觸極深，人怕它但也必須面對有這一天的到來時，就像現在我們正處在被颱風侵蝕著，願一切都安然無恙。

邊著鞦韆喝咖啡／隱地的書

好有詩意的書名，是作者1998年出版的書，以往讀過的記憶，幾乎已不在，幸好有書，可再重溫一次，把記憶給找回來了。

此書分邊鞦韆與喝咖啡兩大篇來寫，邊鞦韆裡，作者說起在台北生活五十年間的變化，從煤球，炭火燒飯到捷運的便利，說報紙，書店的轉變，也體會到作者說的，旅遊代表的意義是「改變」，到最後和黃春明作家的對話-生活，對醜的一種抵抗，因他們看著從克難生活到現在的繁華，從農業到如今生態環境的破壞，二十年前的一場對話，放到今天，問題依然存在，還更嚴重了，喜歡作者寫的，讓我們的靈活過來吧！至少，要讓靈能夠繼續和魂拔河，靈是一種奇怪的東西，只要人肯反省，懂得謙虛，靈，就會靠近我們的身，貼緊我們的心。

在喝咖啡裡，二十年前的台北咖啡館，似乎都有作者走過的足跡了，了解作者很愛喝咖啡品味人生，甚至還希望棺材店也能賣起咖啡多好，如今喝咖啡也成為全民的喜好了，無論超商或家中都是喝咖啡的好地方了。

此篇還收錄作者與作家余秋雨和席慕蓉的問與答，讓我更能體會，眞正的好書是不會埋沒於茫茫書海之中的，黃金總會發光，明珠總會浮現。知識的確是一道光芒，可以溫暖我們的體溫。也更懂得人生謙卑與自省的重要。

和貴眞老師共組二人的讀書會，也是我喜歡的，藉著夫妻的一問一答，才了解偶然成爲必然的奇蹟，作者說：婚姻沒有奧祕。有的，只是搭配得是否巧妙。搭配得好，就是幸福夫妻，反之，就成爲怨偶了。他說：婚姻使我們擺脫完全的孤獨，學習和另一個人共同生活，婚姻使人成熟，給人智慧，婚姻至少可以使一個人成爲哲學家，還眞是很好的婚姻觀呢！

閱讀著，眞慶幸自己成爲閱讀的愛好者，可以藉著作家的精神，跟著他的腳步，好好來享受生命中的過程之美，不要怕老，老，換來了年輕時生命中許許多多的無，老，是生命的收穫季。所以，讓我們活著的每一天都有美好的收穫，天天都有邊著鞦韆喝咖啡的好心情來品味生活。

漲潮日／隱地的書

意外在書店看到玉山出版社出版青少年版隱地的自傳《漲潮日》，於是又重溫了一次隱地先生的成長故事。

他民國26年生，出生於上海，七歲時被父母送到江蘇崑山的朋友家寄養，十歲時，因母親天天吵著父親才被父親接回台灣，才開始讀書識字，幸好有了母親的牽掛與眷念，才影響了作家的一生，不然台灣就不會有一家名叫爾雅的文學出版社了。

父親在民國20年代時，畢業於燕京大學，在當時是很罕見的，因而讓村莊最具有財富的一家看上，把千金許配給他，但好景不常，訂婚不久未婚妻因染上了瘧疾，不幸過世，隔年祖父母又爲父親物色了一門親事，與第一任老婆結婚後，生了2個兒子，但因生活的不快樂，逃離了溫州老家，來到上海，才認識到作者隱地先生的媽媽，兩人在異地生活打拼，於是愛情來了，兩人墜入情網結婚，那時的母親已是結過婚，也生過女兒（當時託付給外婆照顧），而之前的丈夫已過世了，兩人的結合，作者的描述，也不知當時的對方，都早已各自有了小孩，等眞相明瞭後，彼此間也有了結晶（隱地），看到這段故事，發現隱地先生有2個同父異母的哥哥、1個同母異父的姊姊，在當時的台灣，也算是特別的一段家庭史，一回在大陸哥哥回台灣認父親的畫面，母親錯愕的表情，至今回味起來，想必作者感受還會很深刻。

在回顧父親為事業打拼的歲月裡，父親做過老師、代理上海在台買賣的藥品，但民國38年大陸淪陷後，父親的事業也每況愈下，開始過著枯澀愁苦的生活，收入也不穩定、居無定所，與母親間的感情也發生變化，從幸福富有到離婚窮苦可說是各種的滋味都嚐盡了，爸媽離異後，作者也開始過著不停搬家和不停的饑餓的生活，這畫面也就成了作者在少年時最深刻的記憶。

因父親相信朋友，結果自己的樓房被朋友賣了還不知道，母親的黃金讓朋友拿去投資，從此就一去不回了，讓他轉眼成空，但也因朋友的幫忙在他窮苦潦倒時，讓他有個安身的地方，而不至於淪落街頭，父親總說：潮水有漲有退，即使是處於退潮的時候，還相信事業總有一天會有漲潮的時候。但潮水在父親的一生裡從未來過。

作者很遺憾沒能在父親的有生之年看到他的成就，但我相信他父親一定會在天上看到的，雖然「漲潮日」是父親的等待，但作者把父親的等待實現了，不也是很好的傳承，如今又有這本書的出現，所以「漲潮日」已來了，也讓我們看到不平凡、充滿傳奇精彩的故事。

讓我看到的《漲潮日》，還有哥哥對作者的愛與提攜，貴真老師與作者恩愛扶持的夫妻情、還有作者對文學的堅持與努力，當然還會有生生不息的文學書與讀者出現，雖然人生總是有漲潮與退潮，但只要有漲潮的一刻，即使在退潮時，依然還是退不去當時漲潮時留下的美好與影響力。

《漲潮日》一書，推薦大家來閱讀品味喔！

我的宗教我的廟／隱地的書

一直對人說我的宗教我的廟，就如同喜愛的作家隱地先生一樣是文學教，但說著不禁也令我心虛，因自己有時還是會很怠惰，並沒有時時日日都文學。

一本更親近與了解作家的書，隱地先生稱文學是他的宗教他的廟。他的廟是爾雅出版社，宗教是文學教，一生都這麼堅持著，心一直以來就嚮往著也希望隨著作家的腳步，讓文學也成爲我的宗教，一輩子的信仰。

書中的開頭語～親近文學，你就是有福之人，尤其在亂世裡，文學更是我們的救贖。

作者的文學，寫作與閱讀、看電影與旅行，再來與文友間通信，心靈相通、互相鼓舞、切磋也不能少，一篇讀到一位讀者安琦，藉著自己的音樂會，邀請作家來參加，在作家不知情的情況下，默默的已買了作家的書，送給在場的每一位來賓，安排讀者與作家面對面的簽書會，這一幕的畫面看了我就很感動，當然也給作家帶來了驚喜、感動、久久不能忘懷特別的書香日。我想讀者能這般貼心，應該是作家已先溫暖她的心了。

作者攤開喜愛文學的歲月，我的宗教我的廟，豈能一本書說得完，想想每一本寫出來的書，都可是文學教產生出來的信徒，一一忠實的跟著廟，虔誠的讓廟發光、發熱，讓文學教傳播到社會的各個角落裡。

自從有了書以後／隱地的書

閱讀隱地的書，閱讀多了，就像朋友在跟您話家常，所以讀著讀著，更能體會爾雅的堅持，但也總希望人們也親近書，讀文學書可以讓我們的一顆心安靜下來，放慢腳步，唯有發揮自省的能力，許多內心苦悶才能得到抒解。

自從有了書以後，作者引俄國作家瓦．洛扎諾夫的一句話：自打有了出版業，愛便成了天方夜譚。「跟書在一起」能有什麼愛可言？但這是發發牢騷的話，如作者不愛跟書在一起，就不會出版至今，一輩子與書爲伍了。

文學，出版就是作者一生的堅持與初衷，當然希望文化不要遇上希特勒，也不要變成文化癡呆，至於書店變成圖書館的無可奈何，現在已更升級了，書店已關閉多家，店家因無法支撐大家都不買書，雖很傷感，但作者還是堅持他的文學出版事業，如能喚醒人們親近書，找到閱讀帶來的收穫與成長，應是最美的夢吧！

咖啡，電影一直是作者找到力量的靈感，喜歡他把自家閣樓做成的「突尼西亞撞頭咖啡屋」，想必人人都需要自己一間的咖啡書房，來個什麼事都沒有，只靜靜的坐下來品嘗一杯咖啡或聽音樂或閱讀一本書，我們的品味與性情一定會提升與優雅很多。

很認同作者說的，以前是有人說，就有人動手做，現在是只有說話的人，沒有動手的人。比喻人個個都是專家，說得頭頭是道，眞正動手的又有幾個呢！所以有時候少說多做反而是最好的。

每當閱讀作者的書，總也跟著他懷舊起來，在日新月異的時代，他還常常感恩與思念曾經提拔他的恩人，作者的五位貴人：梅遜，林海音，王鼎均，琦君，齊邦媛，個個他都感恩，欣賞他不忘本的精神，同時也引起我對這五位恩人作品的興趣，所以自從有了書以後，作者是樂此不疲，因書的世界就是智慧的世界，他已樂在其中，無法自拔了。

人生十感／隱地的書

十二多年前買的書，記得那時還年輕，對於人生也常感到苦悶，看到隱地出版此書時，很符合當時的意境，很想得知作者的人生十感有那些？

作者說：人生何止十感，更有百感千感。想必就是對人生時時有感，才能寫出一本本的好書，此書分仰，臥，起，坐四單元來寫，都是生活的感觸與哲理，很能入心，在仰的單元列出人生之十感：委屈感，失落感，新鮮感，無力感，幻滅感，幸福感，神祕感，自卑感，疏離感，成就感來說，閱讀著很能感同身受，人們總怕無力感，幻滅感，失落感，不喜歡受委屈，也不喜歡自身帶來的自卑感，於是有了保護自己的神祕感出現，爲追求多變的生活變化，時常有新鮮感的事物吸引著我們，但卻也發現人與人之間帶來的疏離感到無奈，我想能讓我們活著時時都充滿著幸福的感受，應是我們要的成就感之一吧！

在臥裡，讓我想到臥裡藏刀的功夫，因作者看到人活著的種種百態，無論讀到那一篇，人生就是要有忍的功夫，社會的亂象，常常把我們的心，個個憤怒無常，所以我們要多閱讀書，詩來安定，美化我們的心靈，作者也提到再不關心地球生態，大地一旦反撲，人類的災禍將無止無盡。在起裡，佩服作者用二元對立法來敘述人生看到的反差，如冷熱，酸甜，貧富，明暗，死活，遠近，虛實，輕重，群獨，分合，善惡，愛恨，聚散等等來寫，您又有想到什麼了呢？我想到胖瘦，美醜，動靜，內外，樂悲，原來這些都是活著帶給我們的種種感受與心情體會。

在坐裡，看到作者已活出了生活智慧，知道生活怎麼忙，一定要有閒暇的時間來讓靈魂沈靜，讓肉體休息，有了閒暇，才能再有力量從生活及工作中得到眞正的樂趣。喜歡「時間陪我坐著」一文，坐著，時間陪我坐著。年輕的時候，我們控制時間，運用時間，年老的時候，時間控制著我們，我們只能隨波逐流。把時間詮釋的眞好，眞貼切，時間眞是無所不在的給我們揮霍，要成或敗，要珍惜或浪費隨我們把時間怎麼看待，也想推薦朋友也花花時間閱讀這本《人生十感》吧！

隱地二百擊／隱地的書

這兩個月包包總放《隱地二百擊》一書，時而感嘆，時而驚喜，就像有陽光也有小雨，此書是兩百篇文章成集的書，所以取名爲「二百擊」，在十年前也在中國時報及中華日報的副刊登過，生活的喜，怒，哀，樂，如認眞的過，那是二百擊說得完的，如把每天的日子用每日一擊，就像每日一小語般的生活，讓平常的日子，也變得更有味道。

闔上書，想想記憶最深的是什麼，一篇〈永遠不笑的人〉，蔣婆婆她讓我好心疼，十年前，她95歲，不知現在她還在嗎？她年輕時，丈夫外遇，被她得知後，丈夫也知道錯了，跟她對不起，悔過，她也不能原諒，最後丈夫因爲自責，選擇上吊自殺來贖罪，從那天起，蔣婆婆就永遠不會笑了，自己也過了好長的一段歲月，作者感嘆，如果那時她選擇原諒，她的命運，或許就會改寫了。

是啊！一念之間，當下的反應，有時眞會把一生的命運扭轉，二百擊裡，依舊看見作者認眞的生活，從每天五點起床，煮咖啡，吃早點，讀報拉開序曲，再到出版公司上班，每天處理手邊很多的書，信，文件，也總是喜歡看電影來感受不同人生的滋味。

有時生活的習慣，就像是吃便當一樣，此時作者也看盡很多兩代間，相處的隔閡與問題，也知道活著越老，就要有歐瑪拉，莊雪芳的精神，她們年過七十了，依舊健康又有活力。

也喜歡他說的，把東西養成「歸回原處」的習慣，就是有福之人，因人年紀大了就會忘東忘西，作者也感受，人找到「認同」的對象，等於找到了自身的價值，感受和諧之美就是自然之美。

作者說：這世上還有書生，活著就有意義，《書生》是郭強生出版的一本書，有說：書生有一種溫柔敦厚的執著，自得其樂的智慧，但他也擔憂，追求知識的同時，還是否有關懷慈悲，自省思辨的能力？我想是會有的。如像作者把每日的生活，有感有悟的寫出一篇篇的人生哲理，那會沒有關懷慈悲與反省思辨的能力呢？

就像作者說的「生命的故事是說不完的」，生存是一種磨難，也是一種喜悅，就結結實實活一場吧！在人生未落幕之前，讓我們享受生活的過程之美吧！

後記：書帶來善的因緣

書，常常是我手上送給朋友的禮物，也因這樣，朋友也會送我書。

常常想，我心想事成最快實現的事，就是看到一本喜歡的書出版時，想快點去買，於是下單，買到了，心想事成馬上成眞，是不是最快實現的事。

一天和朋友見面，也帶著書送她，她的一句話，妳常送書，何不，有一天送的是妳自己的書，我說：我那有這麼厲害，她說，不要說不可以，一定可以的。

我說：長這個麼大，說眞的，從沒認眞想過，自己要什麼，都沒好好規劃自己的人生，到現在什麼都不是，她說：不要小看自己了，妳分享閱讀心得的這件事，就不簡單。當下聽到的我，眞的好感動，像找到知音般，原來被人看好，是多麼讓人喜悅啊！

也因這樣，我才有想幫自己出書的念頭，雖不是文學出身，但書已是我最貼近的好朋友，也讓朋友看見了書，而想到了我，這是多麼大的神奇力量，牽引我，就幫自己出書一次吧！

當然也希望朋友也喜歡這本書，讀著讀著能讓您們會心一笑也好，當然文筆不好，就多多包含，也期許自己更精進，文字能愈寫愈好，更貼近您們的心，讓書當我們彼此傳遞情感最好的交流。

國家圖書館出版品預行編目資料

用書認識我自己／彭尚儀著.　--初版.--臺中市：白象文化，2018.03
　面；　公分.
ISBN 978-986-358-607-4（平裝）

855　　106023689

用書認識我自己

作　　者　彭尚儀
校　　對　彭尚儀
專案主編　吳適意
出版編印　吳適意、徐錦淳、林榮威、林孟侃、陳逸儒、黃麗穎
設計創意　張禮南、何佳諠
經銷推廣　李莉吟、莊博亞、劉育姍、李如玉
經紀企劃　張輝潭、洪怡欣
營運管理　黃姿虹、林金郎、曾千熏
發 行 人　張輝潭
出版發行　白象文化事業有限公司
　　　　　402台中市南區美村路二段392號
　　　　　出版、購書專線：（04）2265-2939
　　　　　傳真：（04）2265-1171
印　　刷　普羅文化股份有限公司
初版一刷　2018 年 3 月
定　　價　180 元